KB209342

청소년
이라는
우주

청소년이라는 우주

초판 1쇄 발행 2024년 11월 21일

지은이 오선화
그린이 소소한일상

펴낸곳 이상북스
펴낸이 김영미
출판등록 제313-2009-7호(2009년 1월 13일)
주소 10546 경기도 고양시 덕양구 향기로 30, 106-1004
전화번호 02-6082-2562
팩스 02-3144-2562
이메일 klaff@hanmail.net

ISBN 979-11-94144-04-5 03810

청소년이라는 우주

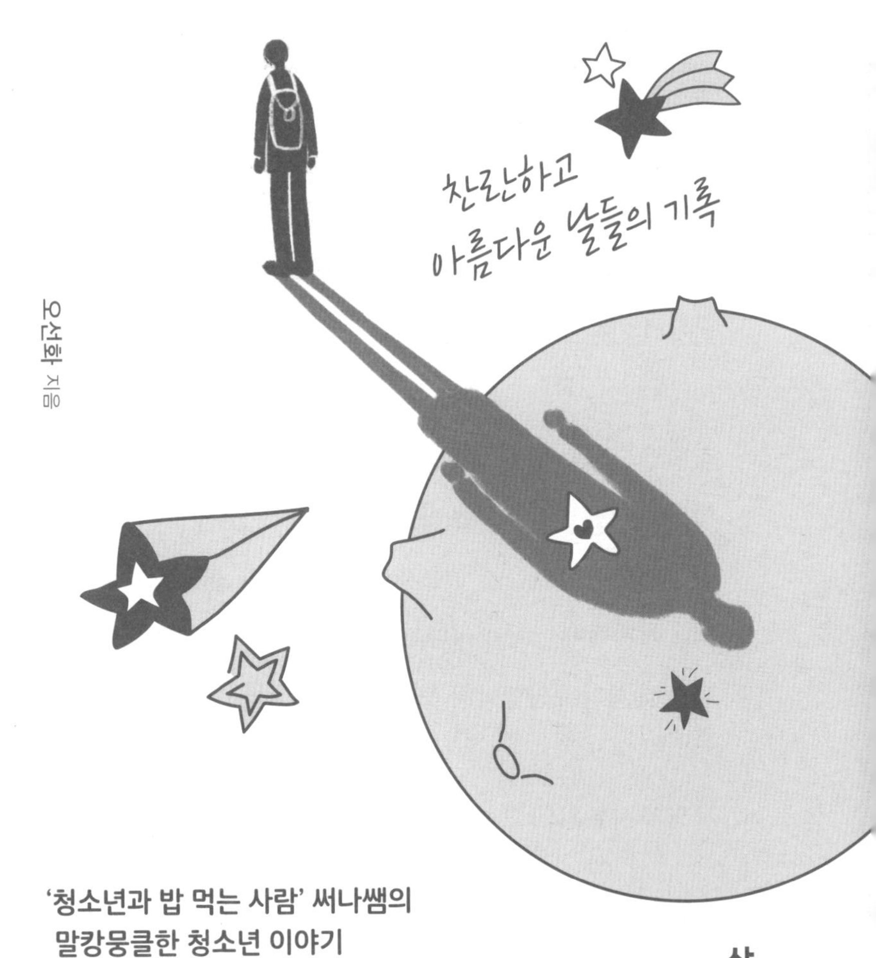

찬란하고
아름다운 날들의 기록

오선화 지음

'청소년과 밥 먹는 사람' 써나쌤의
말캉뭉클한 청소년 이야기

이상북스

작가의 말

나에게 청소년은 우주다.

언젠가 지구가 될 수도 있다.

방처럼 작아질 수도 있겠지.

그 전에 기록하고 싶었다.

모든 사랑의 기록이 그렇듯 미화될 수 있겠지만

가능한 있는 모습 그대로를 전하고 싶다.

청소년은 어린이와 어른의 중간에 서 있다.

어디로 가야 할지 모르는 시간에 서 있을 뿐인데,

문제를 물려준 어른에게 '문제아'라는 소리를 듣는다.

억울한 마음에 아직 어리다고 소리치면

왜 아직 자라지 않았냐며 성장을 강요받는다.

사회와 어른은 왜 그럴까.

어린이는 아름답다 말하면서 왜 청소년은 문제라고 말할까.

문제라는 필터는 자신들의 것이지 청소년이 만든 게 아니라는 걸 잘 알 텐데.

그런 청소년이 안쓰러워 그들의 편이 된 지 15년이 되었다.

다행히 나에겐 아직 필터가 없다.

하지만 내게도 언제 필터가 생길지 모를 일.

그 전에 기록을 시작하려 한다.

그 신비하고 빛나는, 청소년이란 우주에 관한 아주 솔직한 이야기를.

| 차례 |

작가의 말 4

1장 / 우리가 처음 함께 웃던 날

"얼마나 친해?" 13

사랑은 부메랑이 되어 돌아온다 20

내가 알지만 모르는 여름이 이야기 29

내 어리석음과 아이들의 지혜로움 사이에서 37

평범해지고 싶은 아이 46

우리가 처음 함께 웃던 날 52

이름을 불러주세요 60

2장 / 잘못하지 않은 아이들이 잘못했다고 사과한다

꽃이 피어도 비가 오는 게 아니라 비가 와도 꽃이 피는 것이다 71

"진짜 엄마도 아니잖아요!" 79

어떻게 이런 일이 일어날 수 있을까 86

마지막 인사였다는 걸 알아채지 못해서 미안해 94

잘못하지 않은 아이들이 잘못했다고 사과한다 103

내 손은 두 개뿐이라고 변명한다 114

3장 / 문득 무너질 땐 마라탕

한 사람에게는 꼭 한 사람이 있다 123

문득 무너질 땐 마라탕 131

이제 그만하고 싶어, 숨바꼭질 140

거짓말하는 아이 150

"그러니까 죽지 마!" 159

같이 밥을 먹고 음료를 마시고 슬픔을 듣는다 167

거품이 조금 넘쳐도 괜찮잖아요 175

4장 / 괜찮아요, 수정이들

어느새 또 사랑하게 된다 187

멋진 것은 삶으로 들어가기 힘들다 192

오늘도 나는 그 우주를 향해 걸어간다 201

아픔도 지나가고 나면 꿈처럼 아득하다 207

괜찮아요, 수정이들 215

네가 웃었으면 좋겠어! 225

내 마음에 생긴 스위치 236

'더 그리움'이 이기는 날들 246

5장 / 내일은 모르겠고, 그냥 오늘을 살자

저요? 저는 그냥 쌤입니다 257

내일은 모르겠고, 그냥 오늘을 살자 267

나는 오늘도 죽고 싶은 아이를 만나러 간다 276

내 마음에 사랑의 부메랑이 차곡차곡 287

시작을 확인하는 것의 의미 295

나는 그만두지 않을 것이다 305

청소년은 예쁘다! 314

"어느 별에서 왔든 내게 오면
그 한 아이는 소중한 생명이자 찬란한 우주다.
나는 오늘도 그 우주를 향해 걸어간다."

※ 책 속 인명은 모두 가명입니다.

/ 1장 /

우리가 처음 함께 웃던 날

"얼마나 친해?"

글이 잘 써지지 않을 때면 메모장을 연다. 메모장에는 글로 쓰고 싶지만 당장 시간이 없어 보관해둔 문장들로 가득하다. 어떤 문장은 들춰보자마자 글로 이어진다. 마치 신들린 것처럼 문장이 이어지고 글이 만들어질 때, 그 기분은 작두에 올라탄 무속인의 희열, 그 이상일까? 이하일까?

어느 무당에게 기자가 물었다. 작두는 아무 때나 타고 싶으면 탈 수 있는 거냐고. 무당이 말했다. 신이 함께할 때만 가능하다고. 내가 믿는 신은 항상 나와 함께라고 믿는데, 그녀가 믿는 신은 아주 가끔만 찾아오는 모양이라고 생각했다. 하지만 내가 믿는 신이 항상 나와 함께라고 해도 내 손가락이 저절로 움직여

글이 만들어지는 것 같은 경험은 흔치 않다.

글이 써지지 않을 때는 메모장을 열고 만 개가 넘는 메모의 천 개쯤을 살펴보아도 글이 이어지지 않는다. 바로 지금처럼.

-쌤, 블로그에 글 언제 올려줘요?

-이번 주말에 꼭 올릴게.

야심 차게 대답을 해버려서 노트북을 들고 카페에 왔다. 그러나 내가 믿는 신은 나에게 따로 귓속말을 해주지 않는다. 나에게 그의 마음을 대언하거나 대필할 재주 따윈 없다. 애꿎은 레드벨벳 케이크 한 조각을 야금거리며 이미 비워버린 컵을 노려보아도 속만 탈 뿐이다.

"너 왜 이렇게 힘이 없어?"

"쌤, 또 작두 타요?"

"내 쉬키, 뭐 좋은 일 있구나!"

"역시 우리 쌤, 작두 살아 있네요."

작두를 한 번도 탄 적 없으면서 작두 잘 탄다는 소리를 듣는 나도 글이 안 써질 때 글을 쓸 재간은 없다. 그런데 어쩌면 내 재간과 상관없는 일일지도 모른단 생각이 든다. 아이들의 빛나는 말을 글로 담는 일은 사실 언제나 어렵다. 아이들 마음속에만 있는 맑은 샘물을 길어 올리는 일이다. 그걸 목격했다고 해서 그 샘물의 성분을 알 길은 없다.

〈친하다는 것〉

시설에 있는 쉬키가 친구의 사진을 보여주며 말했다.

“저랑 친한 친구예요.”

“얼마나 친해?”

“제가 여기 사는 걸 알아요.”

나는 진즉부터 글로 쓰고 싶어 고이 담아두었던 메모를 보고 있다. 그 메모를 적었던 공간과 공기, 그 메모에 등장하는 아이의 말투와 미소가 선연히 떠오르는데, 그 아이가 떠놓은 샘물 옆에 오염된 내 우물의 물을 놓는 것이 실례일 것만 같아 망설인다. 그러다 그냥 샘물만 보여주자, 결심한다.

나는 이 말을 들었을 때 마음이 떨렸다. 친하다는 건 뭘까? 나는 과연 이렇게 짧고 명확하고 직관적인 문장 하나로 말할 수 있을까? 아니, 나는 친하다는 게 뭔지 알고 있기는 하는 걸까?

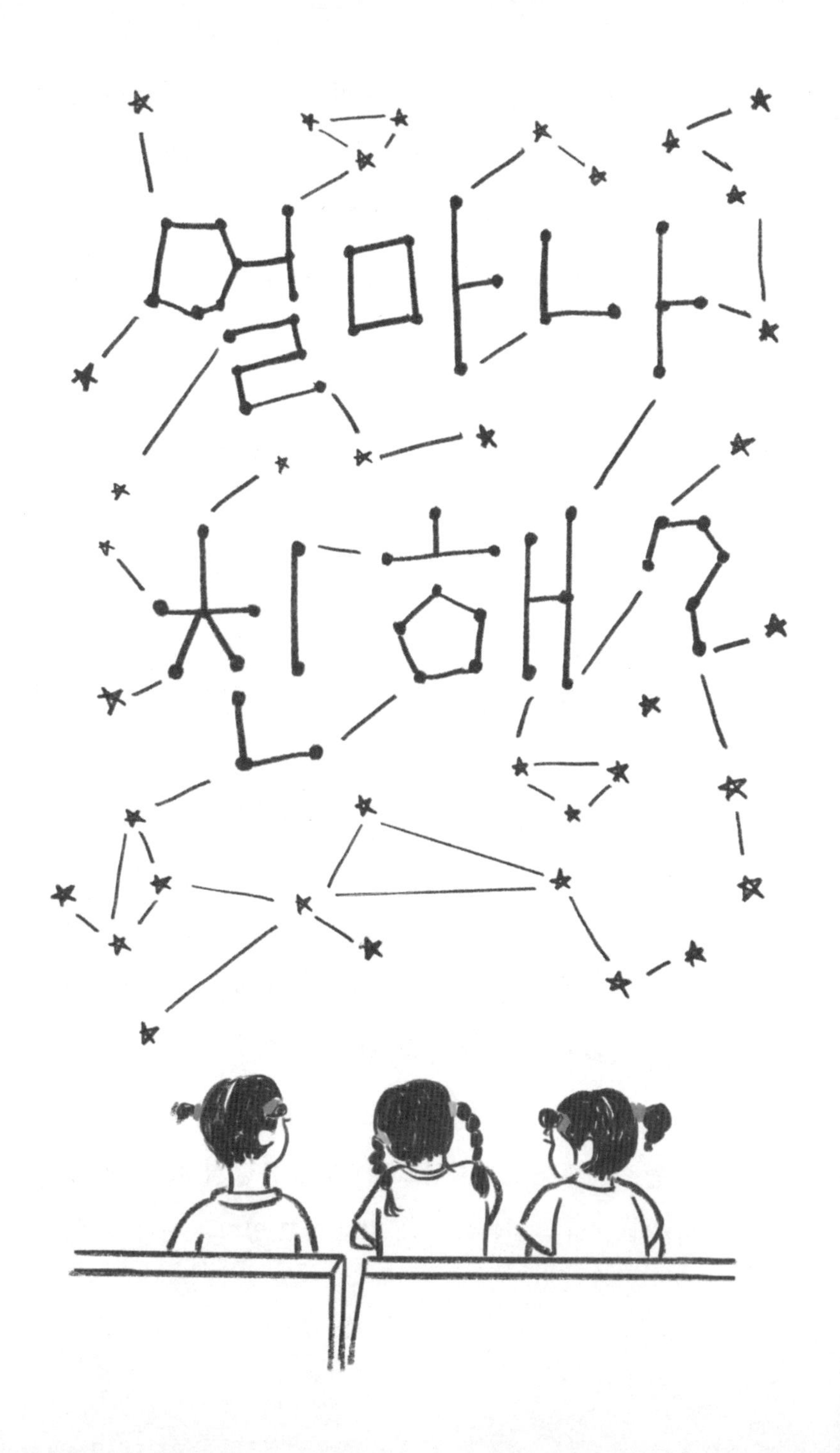
얼마나
친해?

친한 줄 알았는데 친한 게 아니었다는 걸 알게 되었던 몇몇 일이 떠오른다. 그럼 정말 친한 게 아니었을까? 그렇다면 지금 친한 사람들은 친한 게 맞을까? 이어지는 물음표 속에서 문득 전화를 걸었다. 오래전부터 친했고 지금도 친하게 지내고 있는 언니에게.

"언니, 우리 집 어딘지 아나?"

"서울이잖아."

"아니, 서울 어딘지 아냐고."

"그걸 알아서 뭐해. 내가 너네 집 가서 잘 것도 아니고, 우리는 니가 여기 와서 쉴 때 만나잖아. 내가 서울 가면 내 숙소에서 만나면 되고. 굳이 알 필요가 없잖아."

"그럼 우리 친한 걸까?"

"무슨 개소리고? 친하니까 생뚱맞게 전화해서 인사도 없이 생뚱맞게 그리 묻지. 니가 안 친한 사람에게 이럴 수 있나?"

"맞네."

나는 언니와 친하다. 그런데 친하다는 게 무엇인지에 대한 설명은 어렵다.

한 녀석에게 인스타그램 다이렉트 메시지가 왔다.

-저, 작가님 만날 수 있어요? 마음이 좀 힘들어서요.

-그럼 그럼.

-어디 살아?

-대전이요. 작가님은 서울이에요?

-아, 응응. 대전 일정 잡히면 바로 연락할게. 아니면 대전 지 나 더 멀리 갈 때 중간에 들리든지, 일정 보고 연락할게.

-네. 부탁드려요.

-그래그래, 이름이 뭔지 물어봐도 돼?

-민우요.

-아, 민우야. 알려줘서 고마워. 꼭 연락할게.

민우랑 나는 오늘 처음 메시지를 주고받았다. 민우라는 존재를 몰랐던 어제보다는 친해진 걸까?

어디 사는지 아는 쉬키(나는 내가 만나는 아이들을 '내 쉬키'라고 부른다)들을 떠올려본다. 어디가 아픈지 아는 쉬키들도 생각이 난다. 내 마음에 살고 있는 쉬키들의 이름을 적어본다. 내 좁은 마음이, 쉬키들을 살게 하려고 조금씩 넓어졌다. 현실의 집은 좁아도 마음만큼은 펜트하우스만큼 넓어지기를, 나의 신에게 기도한다.

목소리에 힘이 다 빠져 있어서 힘이 빠졌냐고 한 것뿐이데,

목소리가 한껏 들떠서 기쁜 일이 있냐고 한 것뿐인데, 나를 작두 타는 쌤으로 만들어준 귀여운 녀석들의 마음 어딘가에도 내가 살고 있을까? 그곳에 꽃 한 송이 피어나면 좋겠다. 그 꽃을 보며 함께 웃을 수 있다면 더 바랄 것이 없겠다.

사랑은 부메랑이 되어 돌아온다

영우는 내 생일과 어버이날, 스승의 날, 성탄절이면 어김없이 물었다.

"쌤, 필요한 거 있어요? 선물 뭐 받고 싶어요?"

처음에는 "아무것도 안 사줘도 돼" 하다가 나중에는 무슨 놀이처럼 필요한 걸 얘기했다. 어차피 묻고는 사주지 않을 테니 더 편하게 말할 수 있었다.

"요즘 입술이 없다고 애들이 뭐라 하니까 틴트 하나 사줘."

"프라이팬 사고 싶어. 프라이팬 사줘."

"아, 문화상품권 어때? 책 살 거 있어서."

나는 매번 다른 선물을 말했고, 영우의 대답은 항상 같았다.

"콜! 기다려요! 내가 꼭 사줄게요."

그 대답만 들어도 기분이 좋았다. 그걸로 만족했다. 그리고 난 영우의 진심을 믿었다. 녀석은 정말 나에게 선물을 사주고 싶었고, 그 마음은 진심이었을 것이다. 하지만 매번 사줄 수 없는 일이 생겼겠지, 생각했다. 살다보면 마음먹은 대로 행동하기가 참 힘든 거니까, 마음을 먹어준 것만도 고마웠다. 그런데 그 질문을 한 지 5년 후, 녀석이 행동을 해버렸다. 스승의 날이었다.

"쌤, 필요한 거 있어요? 스승의 날 선물 뭐 받고 싶어요?"

"코로나 땜에 집에 있는 시간이 많아졌잖아. 그래서 등 쿠션이 필요함! 그거 있잖아. 삼각형 모양으로 생겨서 등 기댈 수 있는 쿠션!"

"아, 콜! 기다려요. 내가 꼭 사줄게요!"

"오케이, 콜!"

나는 웃으며 대답했다. 이번에도 이렇게 대화하며 기분이 좋아진 것으로 만족했다. 스승의 날 저녁까지도 연락이 없었고, 그런 녀석을 생각하니 피식 웃음이 났다. 그런데 스승의 날 밤 열 시경에 카톡이 왔다. 카카오톡 선물하기를 통해 삼각 쿠션을 보낸 것이다.

-봐요! 내가 꼭 사준다고 했죠!

이런 메시지가 적혀 있었다.

-와 그러네. 정말 잘 쓸게! 고마워!

나에게 5년째 물으면서 얼마나 사주고 싶었을까? 그 마음을 떠올리니 웃으면서도 눈물이 났다. 며칠 후 삼각 쿠션이 도착했다. 가족들에게 자랑하고 SNS에도 자랑했다. 가족에게 잘 빌려주지 않고 나 혼자 썼다. 녀석의 진심이 들어 있어서인지 쿠션은 따뜻하고 포근했다. 등을 기댈 때마다 마음이 편해졌다.

사랑은 부메랑이라고 믿는다. 분명히 돌아온다. 하지만 그것이 꼭 나에게 돌아오지는 않는다. 내가 A에게 사랑을 주었는데 A가 B에게 돌려준다면 그것도 돌아오는 것이라고 생각한다. 그리고 이렇게 나에게 다시 돌아오는 사랑도 수없이 많다. 사랑은 분명히 부메랑이다.

현오는 먹튀였다. 내가 전화해서 "밥 먹자!" 그러면 피씨방에서 어슬렁거리며 나왔다. "뭐 먹을래?" 물으면 간단하게 메뉴만 얘기했다.

"돈가스요!"

"그래, 저번에 돈가스 먹었던 식당 기억나지? 거기로 가자!"

현오와 나는 식당으로 간다. 밥을 먹는다. 현오가 먼저 일어난다.

"저 갈게요. 게임 급해요."

"알겠어, 잘 가."

우리는 이런 만남을 백 번도 넘게 반복했다. 우리는 둘 다 대단했다. 나는 왜 이렇게 짧게 만나고 가냐고 묻지 않았다. 현오는 왜 게임 그만하라고 말하지 않냐고 묻지 않았다. 나는 그저 현오가 밥 먹고 게임 하기를 원했고, 현오도 게임 하다 밥 먹기를 원했을 뿐이다.

그런데 어느 날 현오가 그 사랑 같지도 않은 사랑을 내게 돌려주었다. 나는 국밥을 먹고 현오는 돈가스를 먹던 날, 현오가 돈가스 한 조각을 내 공깃밥 위에 얹어주었다.

"여기 돈가스 맛있어요."

이 한마디를 무뚝뚝하게 건네면서….

밥 위에 얹어진 돈가스 한 조각을 보는데 왜 눈물이 났는지 모르겠다. 나는 눈물을 훔치고 사진을 찍었다.

"그걸 왜 찍어요?"

"네가 얹어준 게 너무 감동이어서."

"무슨 그게 감동이에요?"

"몰라. 난 감동이야."

현오는 이해할 수 없다는 표정이었다. 나는 현오가 이해할 수 없어도 상관없었다. 다 말로 표현할 수 있다면 그게 감동이겠는가? 감동이라는 말밖에 달리 표현할 수 있는 말이 없었다.

현오는 그날도 돈가스를 다 먹고 먼저 일어났다. 하지만 그날은 달랐다. 나는 부메랑을 받았고, 그 부메랑 덕분에 현오를 더 기분 좋게 더 오래 만날 수 있었다. 아마 그날이 없었어도 계속 현오를 만났겠지만 힘은 점점 빠졌을 것이다. 이렇게 돌아오는 사랑은 에너지가 되고, 그 에너지가 없었다면 내가 이토록 오랫동안 청소년을 만나는 건 불가능했을지도 모른다.

얼마 전에는 한 녀석의 연락을 받았다. 스무 살이 된 이후 연락이 끊겼는데, 3년 만에 연락이 왔다.

"쌤, 제가 휴대폰이 망가져서 연락처가 다 지워졌어요. 쌤 연락처 ㅇㅇ에게 디엠으로 물어봐서 알았어요."

"에고, 그럼 쌤한테 디엠을 하지."

"아, 그 생각을 못했네요. 저 잘 지내고 있어요. 계좌번호 좀 알려주세요. 저는 이제 쌤 덕분에 잘 커서 돈 버는데, 쌤은 지금도 청소년과 밥 먹는 사람이니까 후배들 치킨값 좀 보낼게요."

"오, 감동인데!"

"빨리 주세요. 이런 건 바로 해야 돼요."

"그래, 그럼 넙죽 받으마."

나는 흔쾌히 계좌번호를 알려주었다. 바로 입금이 됐다. 치킨 열다섯 마리 값이었다. 그 돈으로 내 쉬키들과 치킨을 먹을 때마다 자랑했다.

"이거 엄청 예쁜 선배님이 사준 거야. 월급 받아서 후배들 먹이라고 치킨값 보내준 거야. 쌤은 너무 뿌듯하고 행복해. 그러니까 쌤이 사주는 것보다 더 맛있게 먹어."

나는 주책없이 아무 때나 자식 자랑하는 엄마가 되었다. 하지만 주책없다는 소릴 듣는다고 해도 좋았다. 그 녀석이 기특하고 자랑스러워서 도저히 자랑하지 않고는 견딜 수 없었으니까.

자랑하다 보니 또 자랑하고 싶은 것이 생각났다.

정말 힘들었던 녀석이 성인이 된 이후 처음으로 찾아왔다. 갈비를 먹었다. 내가 샀다. 그런데 녀석이 갈비를 잘라서 내 접시에 놔주었다.

"쌤, 먼저 드세요. 이 부분이 젤 맛있더라고요."

살아줌

녀석과 고기를 먹을 땐 항상 내가 굽고 자르고, 녀석은 묵묵히 밥만 먹고 말수도 적었다. 그랬던 녀석의 이런 행동과 말이 내겐 너무 행복한 부메랑이었다.

사랑은 이렇게 부메랑이 되어 돌아온다. 청소년을 오래 만나다보니 이런 이야기를 하자면 정말 끝이 없다. 가끔 사람들에게 아이들이 배신하지 않냐, 뒤통수치지 않냐는 말을 듣는다. 그럼 나는 당당하게 대답한다.

"이 자리에 오래 있으면 돌아오는 사랑이 더 많아요. 물론 서운한 마음을 느끼게 하는 녀석들도 있죠. 하지만 오래 있다 보니 서운하게 했던 녀석이 돌아와서 그때 이런 사연이 있었다고 말해주는 경우도 많아요. 그래서 오래 있는 것이 정말 중요하구나 싶어요. 때려치우고 싶을 때도 많았는데, 이런 좋은 마음들을 많이 만나려고 견뎠구나 싶죠. 무엇보다 각자의 자리에서 잘 살아주는 모습을 많이 보게 돼요. 그게 가장 고마운 일이에요."

정말 그렇다. 가장 좋은 부메랑은 '살아줌'이라고 생각한다. 가끔 잊고 있었던 녀석들에게 문득 그 부메랑을 받는다.

-작가님, 저 2년 전 상담했던 ㅇㅇ인데요, 작가님이 그때 힘

주셔서 지금 잘 살고 있어요. 여전히 힘들 때도 있지만 잘 살게요. 문득 정말 고맙다는 말 하고 싶어서 연락드렸어요.

-쌤, 나 진짜 죽겠다고 했을 때 살려줘서 고마워요. 이제 살고 싶고, 살 거예요. 사랑해요.

이런 연락을 받다 보면 더 바랄 것이 무엇이겠나, 싶다. 아이들에게 많은 선물을 받지만 인스타그램에 잘 올리지 않는 건 행여 선물하지 못한 녀석들의 마음이 상할까 싶어서다. 주고 싶은데 못 주는 속상한 마음도 있을 것이고, 괜히 미안하거나 부담이 될 수도 있으니까.

그런데 이 말은 정말 하고 싶었다. 사랑을 돌려주는 방법 중 가장 좋은 건 '살아줌'이라고. 내가 준 사랑을 '살아줌'으로 돌려준다면 더 바랄 것이 없다. 선물을 주는 건 사랑을 돌려주는 방법 중 하나일 뿐이고 그 선물 중 최고는 '살아줌'이니까. 진짜 살아주어 고맙다, 이 녀석들아.

내가 알지만 모르는 여름이 이야기

“쌤, 제 이야기 블로그에 써주세요!”

“그래, 그럴게.”

여름이의 요청에 우선 대답하긴 했지만 무슨 이야기를 써야 할지 떠오르지 않았다. 한 달이 지나도, 두 달이 지나도…. 써주고 싶은 마음은 그득한데, 쓸 수 있는 내용은 먼지보다 작아서 잘 잡히지 않았다. 그래서 그냥 글을 시작한다. 나는 지금부터 여름이에 대한 이야기를 할 것이다.

나는 여름이를 알고 있다. 몇 년 전 연락이 왔고, 지방에 살아서 자주 보지는 못하지만 만난 적이 있다. 연락이 끊길 때도 있었지만 비교적 자주 연락을 주고받았다. 하지만 여름이가 어떤 사람이냐고 물으면 자세히 대답할 재간은 없다.

여름이는 마음이 힘들 때 '선생님' 하고 부른다. 그게 전화든 카톡이든, 부르는 소리만 들어도 안다. 아파서 한 건지, 기뻐서 한 건지, 슬픈지, 외로운지 단박에 알 수 있다.

어릴 때 아파서 조퇴하고 집에 가서 "엄마!" 하고 불렀다. 엄마는 내 목소리만 듣고도 "어디 아파?"라고 물었다. 사랑하면 알게 되는 감정이 있다고 말해야 할까? 내 배 아파 낳지 않았어도 내 쉬키로 품으면 연결되는 감정의 탯줄이 있다고 해야 할까? 내 쉬키가 '쌤!'이라고 부르든 '엄마!'라고 부르든 부르는 소리만 들어도 그 녀석의 감정이 내게로 건너온다.

그래서 안다. 여름이는 자주 아프다. 폭력을 당할 때도 있고, 그동안 당한 폭력 때문에 느끼게 되는 아픔도 있다.

"너, 아프구나? 약은? 병원은?"

"괜찮아요. 아플 때 연락할 수 있는 사람이 있어서 너무 좋아요."

여름이는 보통 이렇게 대답한다. 그리고 더 자세히 물으면 "정말 괜찮아요. 또 연락드릴게요" 하고 대화를 마무리한다.

-내 부모님도 쌤 같으면 얼마나 좋을까요?

어느 날 이런 카톡이 와서 물었다.

-널 때리는 게 부모님인 거야?

-….

-그럼 신고해야지.

-소용없어요. 몇 번이나 다시 풀려났어요.

-그래도 쌤이 다시 해볼게. 부모님 주소랑 이름만이라도 알려줘.

-소용없어요. 이제 성인 되어서 다른 지역으로 왔으니까 괜찮아요.

-그래도 언제든 쌤이 도울 수 있으니까 나중에라도 말해줘.

-네, 사랑해요.

-그래, 사랑한다.

이런 대화를 나누었지만 여전히 여름이는 자기 부모에 대해 말해주지 않았다. 그래도 한 번 자기 이야기를 한 적이 있다.

"저를 싫어하는 선배가 저를 불렀어요. 근데 제 친구가 내가 맞는 걸 막겠다고 먼저 갔는데… 그 친구가 많이 다쳤어요. 병원에 오래 있다가 지금은 여기 없어요. 그래서 다른 친구들이 다

나 때문이라고 나한테 욕을 하고 괴롭혀요. 정말 나 때문이에요, 쌤? 내가 그렇게 악마 같은 사람인 거예요?"

"절대 아니야. 네가 얼마나 예쁜 사람인데… 너도 그럴지 몰랐잖아. 너도 피해자야. 너 때문 아니야. 네가 그렇게 생각하는 줄 알면 하늘에 있는 친구가 속상할 거야. 너무 가슴 아프지만 네 잘못은 아니야."

"그 친구가… 너무 보고 싶어요."

"그럴 거야. 얼마나 보고 싶겠어."

이때 알았다. 학교폭력의 피해자라는 걸. 하지만 더 자세히 물을 수 없었다. 말하고 싶지 않은 걸 물을 권리는 내게 없다. 말하고 싶은 걸 말할 권리가 아이들에게 있을 뿐이다. 친구들이 여름이의 잘못이라고 여름이를 신고했다고 했다. 그리고 나중에 무혐의 판정이 났다고 말해주었다.

한번은 여름이가 사는 지방에 강의를 가게 되었다. 오월이었는데 날씨가 한여름처럼 더웠다. 그런데 녀석이 긴팔 후드 티셔츠를 입고 와서 물었다.

"안 더워?"

"팔에 꽃 문신이 있어요. 그래서 여름에도 이렇게 입어요."

“문신이 어때서? 네가 긴팔이 좋아서 입는 게 아니면 반팔 입어. 그러다 땀띠 나겠어.”

“저 이거 때문에 교회에서도 쫓겨났는데.”

“무슨 소리야, 그게?”

“목사님이 부르시더니 보기에 안 좋으니 오지 말라고… 그래서 너무 힘들 때 가서 기도하고 싶은데 못 가요.”

“그런 게 어딨어. 교회는 문신 있다고 못 가는 곳 아닌데. 쌤이 네가 갈 교회 알아봐줄게. 미안해. 갈 수 있는 교회가 따로 있는 건 아닌데, 그렇게 생각하게 해서… 어른들 대신해서 쌤이 미안해.”

나는 여름이에게 진심으로 사과하고 SNS에 글을 올렸다. 한 목사님이 글을 보고 연락을 해왔다.

-글에 쓰신 그 아이, 우리 교회로 오게 해주세요. 잘 품어볼게요.

이 소식을 여름이에게 전해주자 여름이는 다시 교회에 갈 수 있다는 사실에 무척 기뻐했다. 나는 목사님께 여름이의 의사를 전달했고, 목사님은 부서의 임원과 주고받은 문자를 보내주었다.

-새 친구 한 명 갈 거예요. 부모에게 폭력을 당하고 나와 교회에서도 거부당한 녀석이에요. 팔에 꽃 문신이 크게 있대요. 제가 잘 품을 테니 예배드릴 때 함께해주세요.

-네 목사님, 기도하겠습니다.

-넵! 우리가 그 꽃 문신에 물 줍시다. 예쁘게 잘 자라도록!

누군가에게는 불쾌하게 보이는 꽃 문신이 누군가에게는 물을 주고 싶은 꽃이라니. 나쁜 사람들에게 지칠 때면 하늘에서 뚝 떨어진 선물처럼 문득 이렇게 좋은 사람을 만나게 된다.

여름이는 그렇게 다시 교회에 다니게 되었다. 공황장애가 있어 매주 나가지는 못하지만 사랑 많은 목사님이 열심히 물을 주고 있다. 나는 꿈꾼다. 여름이가 살고, 자라고, 건강해질 것을. 그래서 "쌤, 제 이야기 블로그에 써주세요!"라고 다시 말했을 때는 "그럼! 쓸 거 많지! 폭력에서 벗어나 얼마나 잘 살고 있는지 다 써야지!"라고 대답할 수 있기를.

-여름아!

이 글을 쓰다가 문득 여름이가 보고 싶어서 카톡을 남겼다. 하루가 지나고 연락이 왔다.

-부르셨어요?

-어제 보고 싶어서 불렀음ㅋㅋ

-쌤 작두는 정말 효과 대박이네요. 딱 저 시간대에 옥상에 있다가 내려왔는데.

-그니까 조심해. 쌤이 멀리 있어도 다 보고 있어ㅋㅋ

누군가 여름이가 누구냐고 물으면 이렇게 대답할 것이다. 참 예쁘고 빛나는 사람이라고. 팔에 꽃을 지녔는데, 마음에는 꽃밭을 지닌 녀석이라고. 몸에 든 멍도, 마음에 난 상처도 다 꽃으로 피워낼 녀석이라고.

내 어리석음과
아이들의 지혜로움 사이에서

"어른들은 그냥 들어주면 되지 왜 자꾸 답을 주려고 해요?"

"어른들이 답을 주려고 하는 건 어떻게 알아?"

"저번엔 엄마가 엄마도 답이 없어서 답답하다고 하고, 이번엔 복지사 쌤이 답을 줄 수 없어서 미안하다고 하고, 그러니까 알죠. 왜 그러지? 나도 아는데, 어른들도 답 없는 거."

나는 멋쩍게 웃었다. 어른들이라고 다 그런 거 아니라고 말하고 싶었는데, 녀석의 경험 안에서는 어른들이 다 그랬으니 할 말이 없었다. 그리고 나도 그럴 때가 많다. 보통은 들어주고 공감하는 것에 열중하지만 시간은 없는데 해결해야 할 일이 많으면 나도 모르는 사이 금세 그런 어른이 되어버린다. 얼마 전 힘든 일이 연속으로 생기던 녀석이 문득 메시지를 보냈다.

-쌤 보고 싶어요.

보통은 '나도'라고 답하는데, 한 녀석의 사건을 처리하기 위해 경찰서에 있었다. 공감도 여유가 필요하다는 걸 그때 알았다. 하필 이렇게 정신없을 때 연락이 왔지, 싶었다. 나는 경찰의 설명을 들으며 답을 보냈다.

-어쩌지, 쌤이 오늘은 시간이 없는데.

"듣고 계시죠?"

경찰의 말에 "네네, 그럼요" 답하고는 휴대전화를 가방에 넣었다. 당시 상황은 다행히 몇 시간 후 잘 마무리되었다. 경찰서에 함께 있던 녀석을 데리고 나와 피자를 먹으며 휴대전화를 꺼냈다. 메시지를 보냈던 녀석의 답이 먼저 보였다.

-쌤, 오늘 만나달라는 건 아니에요.

가슴이 철렁 내려앉았다. 나도 알고 있었는데, 보고 싶은 마음을 전한 거지 지금 보자는 게 아니었는데… 그제야 정신이 들었다.

-그러게, 쌤도 아는데, 왜 그랬지? 미안해. 그리고 우리는 그냥 만나는 거지, 네가 만나달래서 만나주고 그런 거 아니야. 그렇게 생각하지 마.

-와, 그 말 참 좋다. 우리는 그냥 만나는 거라는 거. 고마워요.

녀석은 내 사과를 고마움으로 받아주었다. 이런 맑은 마음을 참 자주 마주하는데도 마주할 때마다 놀란다. 내 안에서는 이미 사라진 것이어서 그런 모양이다.

3개월 전에는 더 미안한 대답을 한 적도 있다. 지금도 그 대답을 떠올리면 너무 부끄러워서 숨고 싶다. 한 녀석에게 매달 월세를 보내줘야 했는데, 예상치 못한 지출이 많은 달이었다. 하필 월세를 이체해야 하는 날 잔고가 모자랐다. 다음 날이면 입금될 원고료가 있었기에 하루라는 시간이 야속했다. 집주인에게 양해를 구해야 하나, 현금서비스라도 받아서 보내야 하나 고민이 됐다. 그런데 마침 그 녀석에게 카톡이 왔다.

-쌤하고 같이 치킨 먹고 싶다.

왜 그 순간 그 연락이 반갑지 않았을까. 그게 문제가 아니라고 생각했었나. 내가 지금 뭐 때문에 고민 중인지도 모르는 것 같아 서운했을까. 참 어리석다. 당장 치킨을 사달라는 게 아니었는데, 보고 싶다는 얘기였는데, 그 틈을 타고 들어온 어리석은 생각에 마음을 빼앗겼다. 어리석음은 틈을 내주어 생기는 것이 아니다. 틈을 타고 들어온 생각을 사실이라 믿어서 생긴다.

-우선 치킨은 참고, 오늘 월세부터 마련하고 얘기하자.

내 어리석음이 낳은 대답은 이렇게 무자비했다. 지금 생각해도 낯이 뜨겁다.

-쌤, 그냥 보고 싶다고 한 거였어요.

녀석의 대답에 정신이 번쩍 들었다. 녀석이 얼마나 풀이 죽었는지 순식간에 읽혔다. 심장이 내려앉는 기분이었다. 아, 나도 알았는데, 녀석이 말하기 전에 내 마음 어딘가에서도 분명히 감지된 마음이었는데… 왜 그걸 알아주지 못하고 어리석음을 택했을까. 얼른 만회해야 했는데 자책하느라 만회할 타이밍을 놓쳤다.

-쌤, 죄송해요.

녀석이 말했다. 나는 만회할 타이밍이 더 멀어지기 전에 급히 사과했다.

-내가 미안해. 열 번 마음 알아줘도 한 번 못 알아주면 서운한 건데… 내가 잘못했어. 네 마음을 알지 못한 게 아니라 오늘이 월세 내는 날이라 그 생각만 하느라고 말이 잘못 나갔

어. 미안해.

-아니에요. 괜찮아요. 제가 죄송해요. 감사해요.

-아니야, 네가 미안할 거 없어. 살아주니 고마운 마음뿐이야, 쌤은.

우리는 그렇게 미안함과 고마움을 한참 주고받았다. 그러는 사이 신기하게도 다음 날 입금될 예정이었던 원고료가 미리 입금되었다는 알림이 왔다. 무사히 월세를 이체하고 나니 나의 어리석음이 더 부끄러워졌다.

"쌤은 다른 어른하고 달라요. 얘기를 잘 들어주잖아요."

오늘 한 녀석의 말에 그 부끄러움이 다시 튀어나왔다.

"그렇게 생각해주는 건 고마운데, 쌤도 다른 어른하고 똑같을 때도 많아."

"에이, 안 그럴 거 같은데."

"안 그러고 싶은데 그래서 노력할 건데, 혹시 나도 모르게 다른 어른이 튀어나와도 용서해줘."

"알겠어요. 안 그런 적도 많으니까 봐드릴게요."

나는 웃었지만 개운하지 않았다. 나에게서 어른이 튀어나오는 걸 목격한 녀석들이 이미 많기 때문이다.

사실 아이들을 만날 때는 내가 어른인 걸 자주 잊는다. 심각한 문제를 앞에 두고 같이 울다가도 웃고 먹고 떠든다. 그러다 보면 문제가 희미해지기도 하고 멀어지기도 한다. 그 시간에 어른이 되어야 할 필요는 없다. 그저 '우리'가 되면 된다. 물론 그런다고 문제가 해결되지는 않는다. 사실 해결될 문제란 건 별로 없다. 결국 문제와 함께 살아가야 하는 것이 인간의 삶이니까. 계속 '문제와 함께' 살아낼 힘을 주는 '우리'면 충분하다.

그런데 문득 정말 쓸데없이 어른이 튀어나온다. 어쩌다 이렇게 재미없어졌을까. 내가 아닌 다른 인간이 내 입을 빌려 얘기하는 것만 같다.

아이들은 정말 많이 봐준다. 어른들은 아홉 번 잘해도 한 번 잘못하면 열 번 잘못한 것처럼 대할 때가 많은데, 아이들은 아홉 번 잘했으니 한 번 잘못한 건 아홉 번에 묻어서 숨겨준다. 그리고 괜찮다고, 그 정도면 참 잘한 거라고 토닥여준다.

아이들을 만나면 알게 된다. 나에게는 이미 맑은 마음이 사라져버렸다는 것을. 그리고 아이들 안에는 선명하게 존재한다는 것을. 나는 아이들의 맑은 마음을 자주 목격한다. 이미 내 것은 아니지만 따라 한다. 배우고 흉내 낸다. 어설프다. 그런데 아이들은 어설프지 않다고, 우리니까 가능한 거라고 말해준다.

나는 안다. 내가 아이들을 돌본다는 건 오해다. 아이들이 나를 돌보고, 보아주고, 봐준다. 그 사실을 알리고 싶을 때가 많다. 그래서 이렇게 글을 쓴다. 오늘도 청소년이라는 우주, 그 고마운 사랑 안에서, 내 어리석음과 아이들의 지혜로움 사이에서.

평범해지고 싶은 아이

윤주에게 메시지가 왔다.

-북콘서트 하는 서점에 엘리베이터 있어요?

-모르겠네. 지금 상담 시작해야 해서… 네가 문의해볼래?

-네, 알겠어요.

며칠 후 답장이 왔다.

-쌤, 엘리베이터 있대요! 갈게요!

분명 문자였는데, 들뜬 마음과 환한 얼굴이 보였다. 문자에는 감정이 담기지 않아서 문자를 주고받다가 오해가 생기는 사람도 많다는데, 청소년들과는 그럴 일이 없다. 녀석들에게는 문자에 마음을 담는 기술이 있다. 아이들의 문자에서 어떤 감정을 느꼈다면 그건 오해가 아니라 사실 그 자체다.

-오오, 너무 잘됐어! 북콘서트 날 봐!

윤주의 설렘은 곧 나를 전염시켰다. 나는 다른 무엇보다 윤주가 안전하게 오기만을 신경 쓰고 기다렸다. 윤주의 외출 준비는 진짜 어렵다. 우선 침대에서 내려와야 하는데, 혼자 몸을 가눌 수가 없다. 누군가가 윤주 목에 연결된 호스가 꺾이지 않게, 다른 장치들도 이상이 없는지 잘 관찰하며 윤주를 특수 휠체어에 태워야 한다. 윤주는 엘리베이터를 타고 주차장으로 내려와서 차에 설치된 리프트에 실려서 올라간다. 차에 무사히 탑승하고 나면 불편함은 없는지 체크하고 출발한다. 목적지에 도착하면 외출을 위해 했던 작업을 반대로 실행해야 한다.

윤주를 만날 때마다 매번 나 같으면 저렇게 힘들게 나를 만나러 오지 않을 텐데, 생각한다. 하지만 윤주의 미소는 모든 걱정을 날려 보낸다. 세상에서 가장 해맑고 환한 웃음을 선정한다면 단연코 윤주가 순위권 안에 들 거라고 나는 생각한다. 그리고 윤주 바로 아래 순위에 윤주 어머니가 있지 않을까 싶다.

휠체어에 탄 윤주와 윤주 어머니가 보름달보다 환한 얼굴을 하고 들어왔다. 잘 올 수 있을까 걱정하던 서점 대표님과 나도 환하게 웃었다.

"쌤, 선물이에요."

윤주가 말하고 윤주 어머니가 건네준 건 꽃바구니였다.

"이거 뭐야? 그냥 와도 되는데."

"내가 재택근무하게 되었다 그랬잖아요. 첫 월급 선물이에요."

"고마워, 정말 감동이야."

내가 필력이 부족한 글쟁이라서 그런지 감동이라는 말밖에 떠오르지 않았다. 하지만 감동이라는 말은 그 감정을 담기엔 너무 작은 그릇이었다.

"어머, 윤주 님 덕분에 북콘서트 데코가 완성되겠어요."

서점 대표님 말에 윤주는 더욱 뿌듯해했다.

윤주의 휠체어가 들어갈 자리를 마련하고, 윤주가 선물해준 꽃바구니를 무대 옆에 잘 놓았다. 나는 이미 그날의 행복이 완성된 느낌이었다. 그래서였을까. 북콘서트는 잘 진행됐다. 윤주는 기계를 이용해 숨을 쉬기 때문에 숨소리가 참 크다. 윤주의 숨소리는 마이크를 통해 나가는 내 목소리와 박자를 맞췄다. 몇 번이고 눈을 마주치며 텔레파시를 보냈다. 살아 있어서 고맙다고. 윤주는 미소로 답해주었다.

나는 이야기의 마무리로 향하며 심장이 뛰었다. 윤주를 위해 준비한 서프라이즈 이벤트를 잘 시작하고 싶었다. 윤주 컨디션을 살폈다. 다행히 윤주의 컨디션은 집에서 만날 때보다 훨씬 좋아 보였다. 나는 드디어 이벤트를 시작했다.

"사실 오늘 한 사람을 위해 준비한 이야기가 있어요. 저 말고도 여기 한 분의 작가님이 더 계시거든요. 저 뒤에 회장님처럼 기대고 앉아서 우렁차게 숨 쉬고 있는 전윤주 작가님이에요. 윤주 작가님은 지금은 청년이지만 청소년 때부터 보아온 제 쉬키예요. 제 글을 읽고 힘이 났다며 연락을 해왔고, 감각이 조금 남아 있는 두 손가락에 펜을 끼워서 편지를 써주었어요. 지금은 그 손가락마저 감각을 잃어 입에 펜을 물고 글을 쓰는 대단한 작가님이에요. 저 같으면 힘들게 여기까지 오지도 않았을 테고 그렇게 힘들게 글을 쓰지도 못했을 거예요. 저보다 분명 훌륭한 작가님이에요. 윤주 작가님의 글을 모아 출판한 책이 있는데, 시집이에요. 제목은 '평범해지고 싶은 아이'입니다. 작가님이 허락해주시면 제가 낭독해도 괜찮을까요?"

"허락해드릴게요."

집에서 만날 때는 윤주의 발음을 잘 알아듣지 못해서 다시 물을 때가 많았는데, 이상하게도 그날은 또렷하게 잘 들렸다. 뭔가 마법처럼 느껴졌는데, 시간이 지나고 생각해보니 윤주가 관객을 의식해서 더 힘을 주고 말한 것 같다. 내가 청소년들과 치킨을 먹을 때 나오는 목소리와 강연할 때 목소리가 다른 것처럼.

"그럼 허락을 받았으니 한 편 읽을게요. 슬픈 시도 많은데, 오늘은 희망을 얘기하는 시를 고르고 싶었어요. '평범해지고 싶은 아이'라는 시집에 수록된 '맞잡은 두 손'입니다. 왜 제가 긴장이 되죠? 흠… 작가님이 지켜보고 계시니 잘 읽어보겠습니다. 맞잡은 두 손, 전윤주."

그대와 나는 손을 맞잡고 걷고 있네요
그대가 나의 손을 더욱더 세게 잡아주네요
당신의 손이 너무 따뜻해요

따듯한 손을 놓으면 안 됩니다
손을 놓는다면 많이 힘들 거 같습니다

그렇기에 우리는 아직 이 손을 놓지 않습니다

봄 여름 가을을 지나 겨울이 왔습니다
단풍 다 떨어지고 바람 불고 추워집니다
단풍을 밟으며 손을 맞잡습니다
우리는 이 손을 놓지 않을 겁니다 영원히.

박수 소리가 들렸다. 윤주가 웃으니 윤주의 숨소리가 더 우렁차게 들렸다. 질문을 받는데, 손을 들 수 없는 윤주가 "저요!"라고 말했다. 관객들의 시선이 윤주의 얼굴로 향했다. 윤주는 또 아주 또렷하게 말했다.

"행복이 뭐예요?"

"지금! 너는?"

"나는 잘 몰라서 질문한 거지만 나도 지금이요."

선물을 뜻하는 단어 'present'는 '지금'이라는 뜻도 가지고 있다. 윤주의 대답에 우리의 '지금'은 참 좋은 선물이 되었다.

우리가 처음 함께 웃던 날

청소년을 만난 지 15년, 참 여러 가지가 바뀌었다. 청소년이 가장 좋아하는 음식은 '치킨'에서 '마라탕'이 되었고, '로제'는 '마라탕'과 박빙을 이룬다. '스티커 사진'은 '네컷 사진'으로 바뀌었고, '네컷 사진'을 찍을 수 있는 가게는 편의점만큼 종류도 다양해지고 수도 많아졌다.

소통 방식도 달라졌다. 전에는 직접 만나고 나서 친해지면 메시지를 주고받았는데, 이제 메시지로 먼저 말을 걸어오고 친해지면 만나주는 경우가 많다. 그만큼 스마트해졌다는 얘기도 되지만 그만큼 마음을 쉽게 열기 어려워졌다는 얘기도 된다. 정말 자신을 위하는 사람인지, 사기꾼은 아닌지, 아이들도 나름대로 검증한 후 마음을 연다.

때론 무작정 마음을 털어놓고 싶을 때 메시지를 보내기도 한다. 앞뒤 없이 쏟아놓고 싶을 때, 그래야 살 것 같을 때 필요한 것이 '모르는 사람'이니까. 무조건 얘기를 들어주는 사람이라고 누가 말해주었다면서 연락해서는 이야기를 쏟아놓고 연락을 끊기도 한다. 하지만 그보다 어떻게든 진짜로 소통하고 진심을 나누고 싶어서 메시지를 먼저 보내오는 경우가 많다. 그럼 한참을 메시지로만 연락한다. 그러다가 친해지면 만날 수 있냐고 물어온다. 그 말이 그렇게 반가울 수 없다. 적어도 이제 내가 나쁜 사람은 아니란 걸 믿어주는 거니까.

민영이도 그랬다. 1년 가까이 디엠만 주고받다가 녀석이 드디어 나를 만나주겠다고 했다. 그동안 슬픔을 잔뜩 머금은 마음만 나누어서 그런지 긴장이 됐다. 얼마나 우울할까. 얼마나 어두울까. 메시지 안에 담았던 마음만 들고 나오면 어떻게 반응해야 할까. 어떤 표정이 좋을까.

나는 고민하면서 좋은 기분을 한껏 끌어모았다. 웃음을 주는 유튜브도 찾아서 보고, 잠도 충분히 잤다. 다이어리를 열어 앞으로 있을 기분 좋은 약속들을 들여다봤다. 민영이를 만나려면 '좋은 기분'이 일주일 치는 필요하다는 생각이 들어서 내가 생각할 수 있는 '좋은 기분'을 다 끌어 모았다.

-민영아, 오고 있어?

-저, 이미 도착했어요. 천천히 오세요.

-어, 나도 바로 앞이야. 들어갈게.

약속한 파스타 집 앞에서 메시지를 주고받고, 심호흡을 한 번 하고 들어갔다. 민영이는 잘 운다고 했었는데 눈이 부어 있진 않을까, 하면서. 그런데 웬걸. 봄의 프리지어처럼 활짝 핀 아이가 손을 흔들었다.

"작가님! 실제로 보니까 연예인 보는 거 같아요! 떨려요."

"나도 떨려. 진짜 만날 줄이야."

민영이와 나는 부끄러운 미소를 서로에게 보냈다. 메뉴를 골라 주문하고 먹으면서 민영이는 계속 얘기했다. 오디오가 비는 걸 용서할 수 없다는 듯이 잠깐의 틈도 주지 않았다. 그 모습이 귀여워서 나는 자꾸 웃음이 났다. 쉴 새 없이 얘기하면서도 "작가님 만나면 할 얘기 엄청 준비했는데, 다 까먹었어요" "할 얘기 진짜 많았는데, 뭐였지?"라고 하면서 입술을 삐죽거리는 게 너무 귀여웠다.

카페로 옮겨서는 “티라미수 케이크, 괜찮으세요?”라고 물었다. 티라미수 케이크을 좋아하는 모양이었다. 커피와 티라미수 케이크을 주문해서 같이 먹었다.

민영이는 여전히 틈을 주지 않고 밝은 목소리로 자신의 이야기를 이어갔다. 하마터면 쌓일 뻔한 편견이 깨지는 시간이었다. 장애가 있는 아이에게 그 장애가 일부분이지 전부가 아니듯 슬픔이 있다고 슬픔만 있는 건 아닌데, 하마터면 그걸 잊을 뻔했다. 슬픈 이야기만 나누어야 할까봐 긴장했던 나를 반성했다.

“그런데 작가님, 제가 젤 처음에 메시지 보냈을 때 뭐라고 말 걸었는지 기억나요?”

“하도 많은 얘길 해서 기억 안 나는데?”

“인사도 없이 ‘오늘 죽을까요?’ 그랬어요.”

“그랬어?”

“네, 미쳤나 봐요. 인사는 해야 했는데….”

“그런데 두 번째도 ‘오늘 죽을까요?’였던 거 같은데?”

“아, 맞다.”

우리는 웃으며 지난 애기들을 회상했다. 민영은 죽고 싶어 했다. 하루는 자신이 진로로 택한 것이 힘들어서, 하루는 진로로

택한 것이 자신의 선택이 아니었던 것 같아서 버거워했다. 하루는 하늘로 떠난 친구가 너무 보고 싶어서 그랬다. 사랑하는 사람이 스스로 떠난 경우 많은 이들이 갖게 되는 죄책감과 미안함을 민영이도 가지고 있었다. 그때 만났더라면 그렇게 떠나지 않았을 것 같은 마음. 그 마음에 공감하지만 그 마음을 위해서 단호해질 수밖에 없다. 그랬더라도 떠났을 거라고, 네가 연락을 받지 못해서 떠난 건 절대 아니라고 말해주어야 한다.

"요즘은 마음이 좀 어때?"

민영은 잠시 고민하다가 조심스럽게 말했다.

"계속 죽고 싶어요. 작가님이 봄까지는 살아달라고 했는데 진짜 봄이네요. 그러고 보니 내가 작가님 만날 때까지 살아 있네. 신기해요."

"다음에 다시 만날 때까지도 살아 있을 거니까 난 신기해하지 않을래."

"그럼 또 여름까지 살아달라고 하려고요?"

"응."

"여름이 되면요?"

"여름이 되면 가을까지 살아 있어 달라고 하고, 가을이 되면

첫눈 올 때까지 살아달라고 하고…."

"눈이 잘 오지 않는 지역이면 어쩌려고요?"

"내가 사진 찍어서 보내주면 되지."

"너무 웃겨요."

"너무 웃긴 일 많이 만들어줄게. 우선 여름까지 살자."

"그럼 여름방학 할 때까지만 살게요, 우선."

"좋아."

그 말에 녀석이 죽을까봐 겁났던 시간들이 스쳐갔다. 이상하게 웃음이 났다. 내가 웃으니 민영도 웃었다. 그러고 보니 처음으로 함께 울지 않고, 웃었다. 다음에 만나서는 편백찜을 먹기로 했다. 민영의 학교 근처에 편백찜을 잘하는 곳이 있다고 했다. 민영은 할머니랑 살아서 그런지 자기 입맛이 할머니 같다고 했다. 사실은 국밥을 좋아한다고. 그럼 편백찜 먹고 나서 국밥을 먹자고 했다.

"드디어 마라탕에서 해방될 수 있겠군."

내 말에 민영은 웃었는데, 그 다음에 진짜 하고 싶은 말은 하지 못했다.

'너도 죽고 싶은 마음에서 꼭 해방될 수 있을 거야.'

유명한 드라마 제목처럼 민영이 '해방일지'를 쓸 날이 오리라 기대하고 믿어본다.

-쌤!! 조심히 가세요! 7월 21일까지 살아 있을게요, 꼭. 오늘 너무 행복했어요. 감사합니다.

책을 읽거나 강의를 들은 녀석들은 나를 '작가'라고 부른다. 그런데 마음을 열고 친해지면 호칭이 저절로 바뀐다. '작가'에서 '쌤'으로. 온라인으로만 만나다가 직접 만날 수 있냐고 묻는 그 순간처럼 이렇게 호칭이 바뀌는 순간도 너무 반갑고 기쁘다.

-응응! 나도 만나서 넘 좋고 행복했어. 우선 6월 되기 전에 편백찜 먹고, 그 날짜를 좀 더 늘려보는 게 나의 목표랄까. 잘 자아!

민영이는 하트 두 개를 답장으로 보냈다. 우리가 처음으로 함께 웃던 날에.

이름을 불러주세요

혼자 아이를 낳아 키우고 있는 엄마들과 프랑스 파리로 여행을 간 적이 있다. '여행상점'이라는 여행사와 함께 기획한 프로그램이었다. 시작은 단순했다. 여행을 가본 적 없는 엄마와 아이, 둘이 살아 오히려 둘이서 여가를 즐기지 못한 가족에게 여행의 기회를 주자는 것. 하지만 우리의 단순한 마음과 달리 펀딩부터 길이 막혔다. 사람들이 그랬다. 베트남이나 태국이면 후원하겠지만 프랑스 파리라니. 자신도 안 가본 곳에 보내주기 위해 후원할 수는 없다고. 그런 생각이 어디서 오는 것인지 알 수 없으나 다 같은 말을 했다.

하지만 나는 꼭 파리로 가고 싶었다. 한 번도 현장체험 신청

서를 내보지 못한 아이들에게 현장체험 장소를 '프랑스 파리'라고 적게 해주고 싶었다. 얼마나 신이 날까. 얼마나 뿌듯해할까. 아이들 심정을 떠올리면 덩달아 신이 났다. 그리고 그보다 먼저 엄마들의 로망을 실현시켜주고 싶었다. 처음에 여행지를 결정할 때 "파리가 여성들의 로망이잖아요"라는 목소리가 나왔다. 그러자 옆에서 그 소리를 제지하는 목소리가 들렸다.

"말이 돼요? 태국 정도 갈 수 있겠죠."

"왜 말이 안 돼요?"

"에이, 당연히 안 되죠."

이 대화중에 나는 왜 객기가 생겼을까. 꼭 여행지를 프랑스 파리로 정하고 싶었다. 그리고 결국 우리는 파리로 향했다. 펀딩 금액이 턱없이 모자라 여행지를 바꿔야 하나 고민할 때 한 항공사에서 프랑스 파리행 노선이 프로모션으로 나왔다. 엄청나게 할인된 금액으로. 그러니까 우리가 갈 수 있는 금액으로.

로망이 현실이 된 엄마들도, 현장체험을 프랑스로 가게 된 아이들도, 그들에게 진짜 여행을 선물하게 된 우리도 비행기가 이륙하기도 전에 이미 하늘을 날았다. 우리는 차근차근 여행을 준비해나갔다. 그리고 여행 주제를 정했다.

'00의 엄마가 아니라 000입니다.'

어렸을 때 엄마가 된 그녀들은 자신의 이름보다 아이의 이름으로 많이 불렸다. 김선영이 아니라 민지 엄마로, 이민정이 아니라 서연 엄마로. 그래서 그녀들을 각자의 이름으로 불러주는 것이 우리의 프로젝트였다. 인천공항에서 만나 파리로 출발하면서부터 다시 서울에 도착할 때까지 우리는 끊임없이 이름을 불렀다. 선영 씨, 민정아, 유정아….

그러다가 문득 우리 엄마 생각이 났다. 우리 엄마는 자신의 이름인 박인숙보다 선화로 더 많이 불렸다. 선화 엄마도 아니고 선화로. 엄마는 남대문에서 장사를 했다. 포키아동복 26호 선화. 가게 이름이 선화였다. 어린 딸을 떼놓고 장사해야 했던 그녀의 머릿속에 온통 내 생각뿐이었다고, 그래서 가게 이름을 선화로 했다고 했다. 상인들은 서로의 이름을 부르지 않고 상호를 부른다. 그래서 엄마 가게에 가면 엄마를 "선화야!"라고 불렀다. 내가 돌아보면 "너 말고 네 엄마!"라고 하면서.

그 생각이 나니 눈물이 났다. 엄마에게 전화할 수 있다면 전화를 해서 "박인숙 씨!" 하고 불러주었을 텐데, 아직 하늘나라에는 전화가 입고되지 않아서 눈물만 훔쳤다.

그리고 서울에 돌아와 아이들을 만나면서 아이들 이름을 열심히 불렀다. 왜 그랬을까. 당신 이름을 마음껏 들어보지 못하고 떠난 엄마가 생각나서였을까. 이름을 부르면 말간 얼굴로 소녀처럼 나를 쳐다보던 파리의 그녀들이 떠올라서였을까. 이름을 불러주면 꽃이 되는 거라며, 김춘수 선생의 시 "꽃"을 멋대로 인용하면서 아이들의 이름을 불렀다. 그러면서 많은 일이 생겼다. 그저 이름을 불렀을 뿐인데.

"윤아야!"

윤아가 울었다.

"왜 울어?"

"몰라요. 이름을 너무 오랜만에 들어서 그런가."

윤아는 옷소매로 눈물을 훔쳤다. 나는 티슈를 꺼내주고, 윤아가 오늘의 눈물을 다 흘릴 때까지 기다려주었다.

얼마 전에는 몇 명의 아이들을 같이 만났는데 처음 보는 아이가 있었다. 그 아이만 이름을 몰라서 물었다.

"넌 처음 보네?"

"아, 저는 고3이에요."

"엥, 고3이 이름은 아닌데… 이름이 뭐야?"

그 녀석도 울었다. 늘 '고3'이라고만 답하면 알았다고 했는데, 이름을 물으니 왠지 뭉클해졌다고 했다. 오늘 만난 녀석은 이름이 외자였다.

"오, 이름 예쁜데?"

"그래요? 성 붙이면 안 예쁘지 않아요?"

"아닌데. 성 붙여도 예쁜 이름인데."

"제 생각엔 안 예뻐요. 혼날 때만 들어서 그런가?"

이 말에 내 마음이 뭉클해졌다.

"이름, 너무 오랜만에 들어요."

아이들 이름을 불러주면 자주 이런 말을 듣는다. 학교에서는 출석부를 잘 부르지 않고, 출석부를 불러도 출석 체크만 할 뿐 이름을 부르진 않는다. 학원에서도 이름은 안 부르고 기계로 출석을 체크한다. 그러면 보호자에게 알림이 간다. 보호자는 학원이 끝났다는 알림을 받으면 카톡으로 묻는다.

-언제 와?

-왜 안 와?

그 물음에도 이름은 없다.

나는 아이들의 이름을 불러주라고 부탁하고 싶다. 아이의 이름은 '중2'가 아니다. '고3'도 이름이 아니다. 아이의 등급이 떨어

진 후부터 집에서 "야, 5등급!"이라고 부르는 보호자가 있다는 이야기를 들었다. 아이에게 매겨진 등급이나 숫자가 아이의 이름이 될 수는 없다.

보호자가 있든 없든 아이의 이름을 지을 때는 공을 들인다. 한정된 글자에 좋은 뜻을 가득 넣어주고 싶어서 뜻을 찾고, 음을 찾고, 작명소에 가기도 하고, 성직자에게 부탁하기도 한다. 아이의 이름은 기도이고 희망이자 고유의 언어다.

내가 학교에 갔다가 집에 오면 엄마는 잠들어 있을 때가 많았다. 새벽에 나가 장사해야 하니 딸을 기다리고 싶어도 몸이 그 바람을 들어주지 못했다. 그래서 나는 엄마가 잠들어 있어도 실망하지 않으려고 미리 대비하고 집에 들어갔다. 그런데 어쩌다가 엄마가 깨어 내 이름을 불러줄 때가 있었다.

"선화야!"

내 이름은 '꽃 화'(花)를 쓰지 않고 '화할 화'(和)를 쓰는데도 그때의 나는 꽃이 되었다. 활짝 피어났다.

지금의 아이들도 그렇다. 민지는 민지로, 서연이는 서연이로 불릴 때 꽃으로 피어난다. 그리고 민지는 자라서 민지가 되고, 서연이는 자라서 서연이가 될 것이다. 명문대생으로 불리지 않아도 괜찮고, 대기업 직원이 되지 않아도 괜찮지만, 민지가 되지 않으면 안 된다. 서연이가 되지 않을 수는 없다. 그러니 아이들이 자신의 이름으로 살 수 있도록 이름을 불러주세요, 부탁하고 싶다. 아이들을 만나는 모든 사람에게. 그리고 마음속에 아이가 있는 우리, 서로들에게도.

/ 2장 /

잘못하지 않은 아이들이 잘못했다고 사과한다

꽃이 피어도 비가 오는 게 아니라 비가 와도 꽃이 피는 것이다

수많은 청소년을 만나며 겪었던 일을 또 다시 겪는 경우가 생긴다. 하지만 겪었다고 적응이 되는 건 아니다. 매번 처음 겪는 일처럼 당황하고 놀라고 분주해진다. 사람에게 일어나는 일은 아무리 겪어도 적응이 안 되는 것일까? 그리고 그런 일 중 최고를 꼽으라면 '죽음'이 아닐까.

청소년을 만나는 삶을 시작하기 전에 사랑하는 이의 죽음을 두 번 겪었다. 대학 때 친남매처럼 지내던 오빠를 잃었다. 나는 그 소식을 듣던 순간을 아직도 잊지 못한다. 길을 가다가 전화 한 통을 받았다. 친한 언니였다.

"하루야, 언니가 할 말 있는데… 너 지금 서 있으면 어디 앉을

데 찾아. 앉고 나서 말해."

'하루'는 대학 때 불리던 내 별명이다. 언니 목소리가 심상치 않았다. 나는 옆에 보이는 벤치에 앉았다.

"언니, 나 앉았어."

"순석이가… 간밤에 갔대."

언니는 독감을 앓는 사람의 신음처럼 그 소식을 뱉어냈다. 나는 분명히 앉아 있었는데, 마음은 아직 앉지 못했던 모양이다. 순식간에 마음이 주저앉았다.

장례식 내내 마음은 다시 일어날 생각을 하지 않았다. 오빠를 화장하고, 오빠의 뼈를 뿌리는 내내 마음은 그 자리에서 한 발짝도 움직이지 않고 숨만 간신히 내보냈다. 오빠의 사진 앞에서 '오빠가 지어준 하루라는 이름을 필명으로 삼을게. 내가 소설을 쓰게 되면 꼭 그 이름을 쓸게'라고 약속을 하면서도 넋은 없었다. 오빠의 장례식인데, 오빠가 걸어 들어와 "하루야" 하고 부를 것만 같아서 자꾸 뒤를 돌아봤다.

하지만 난 알고 있었다. 첫 번째 겪은 죽음보다는 잘 견뎌낼 수 있다는 걸. 우습게도 우리는 아플 때 더 아픈 기억을 끄집어

낸다. 이미 지나버린 '더 아픔'은 지금을 '덜 아픔'으로 만들어주고, 그것이 유일하게 그 시간을 견디는 힘이 된다. 그때의 나도 그랬다. 친오빠 같은 오빠가 떠났지만 엄마가 떠났을 때보다는 괜찮을 거라고. 안 괜찮아도 괜찮은 거라며 나를 달랬다.

엄마는 아버지와 아버지의 친구들과 부부 동반 여행을 가다가 쓰러졌다. 그 여행은 다정하지 않았던 아버지의 첫 호의였고, 나 같으면 잡지 않았을 아버지의 손을 엄마는 소녀처럼 발그레한 얼굴로 덥석 잡았다. 나는 싫었지만, 엄마가 저렇게 좋다면 아버지의 손이 한 번으로 그치지 않기를 바랐는데, 엄마는 더 이상 손을 잡을 수 없게 되었다. 버스 안에서 쓰러졌고, 구급차로 옮겨졌고, 응급실에서 뇌출혈 판정을 받았고, 며칠 못 갈 것이라는 의사의 말은 곧 사실이 되었다.

그때 내 마음은 주저앉을 수도 없었고 울 수도 없었다. 사실을 받아들이는 데만 오랜 시간이 걸렸고, 오랜 시간이 지나도 하늘이 엄마를 다시 반납해주기를 바라고 또 바랐다. 어쩌면 지금도 문득 내가 가장 힘들 때 가장 바라게 되는 소원은 그것인지도 모른다. 그리고 같은 소원을 지닌 아이를 만날 때면 '어쩌면'이라고 시작한 문장이 자동으로 수정된다. '지금도 문득 내가 가장 힘들 때 바라게 되는 소원은 그것이다'라고.

한 녀석이 아버지를 잃었다. 1년이 지났지만 녀석은 하늘이 아버지를 반납해주기를 바란다. '1년'을 '10년'으로 바꾼다고 해도 뒤 문장은 달라지지 않을 것이다. 녀석의 아버지는 50대 초반 나이에 폐암으로 세상을 떠났다. 녀석에게 아버지는 나에게 엄마와 같은 존재였다. 얼마나 아팠을까. 묻지 않아도 가늠할 수 있었다. 하지만 가늠할 수조차 없는 녀석은 자꾸 묻는다. 유독 어둡게 느껴지는 밤이 찾아오면 녀석의 물음이 시작된다.

"쌤, 오늘도 아빠가 보고 싶어요. 쌤은 이제 괜찮아요?"

"안 괜찮은데, 괜찮아."

"나는 계속 안 괜찮아요. 괜찮기도 한 건 언제쯤 그래요?"

"정확히는 모르겠는데, 또 살아야 하니까 살아지긴 하더라. 근데 완전히 괜찮아지는 건 없어. 문득문득 삶의 길목에서 그리움이 툭 튀어나와. 그리움하고 같이 사는 거 같아."

"쌤은 지금도 엄마가 보고 싶어요?"

"응. 보고 싶고, 말하고 싶고, 안고 싶고, 안기고 싶어."

"쌤은 엄마 다시 만나면 제일 하고 싶은 게 뭐예요?"

"밤새서 수다 떨고 싶네."

"엄마한테 제일 해주고 싶은 말은요?"

"사랑한다고. 그 말을 못하고 헤어진 거 같아."

"갑작스러운 이별이었으니까요."

"응. 너도 더 많이 사랑하지 못해서 아쉽지?"

"네, 많이요."

"쌤은 엄마랑 제일 만들고 싶은 추억이 뭐예요?"

"맛있는 거 먹으러 다니고 싶어."

"제일 뭘 먹고 싶어요?"

"그건 모르겠어. 엄마가 먹고 싶은 거 물어봐서 그거 먹을래."

"쌤, 엄마랑 제일 함께하고 싶은 건 뭐예요?"

"그냥 소소한 일상을 함께하고 싶어."

"아, 나도요."

녀석은 이렇게 아픔을 먼저 겪은 나의 뒤에서 묻는다. 내 뒷모습이 보이기는 하지만 너무 멀어서 자세히 보이지 않는 그 자리에서 소리쳐 묻는다.

"거기는 꽃이 피어요? 거기 가면 정말 비가 그쳐요?"

'응, 여기는 햇살이 가득한 꽃밭이야.' 이렇게 대답해주고 싶지만 그건 사실이 아니라서 차마 입이 떨어지지 않는다.

"꽃은 피었어. 그런데 비는 오네."

이곳에 도착했을 때 실망할까봐 나는 사실을 말한다. 그것이 녀석을 위한 일일까? 그건 잘 모르겠다. 이곳에 와서도 슬플 텐데, 실망까지 겪을 녀석을 보는 내가 힘들까봐, 나를 위해 그러는 것일지도 모르겠다.

녀석은 고개를 주억거린다. 그 모습을 보면 마음에서 유리창을 긁는 소리가 난다. 차라리 돌을 던져 유리창을 깨지, 차라리 펑펑 울지, 차라리 따라가고 싶다고 소리 지르지, 그러면 같이 울기라도 할 텐데… 녀석은 항상 맘껏 울지도 않고, 돌을 던져 유리창을 깨지도 않고, 금이 갈 때까지만 긁는다. 속이 상하지만 그게 녀석이 애도하는 방법이란 걸 잘 알기에 잠자코 바라볼 수밖에 없다.

"이제 좀 자야지?"

내 물음에 녀석이 대답한다.

"비가 와도 꽃은 피는 거잖아요. 그것도 희망이에요."

"오, 맞네. 그렇네."

나는 녀석의 말에 맞장구를 쳤다. 언제나 아이들은 나보다 낫다. 그 속에서 희망을 찾다니….

나는 청소년과 밥 먹는 사람으로 살지만 청소년을 가르치는 사람은 아니라고 말한다. 내가 배우는 것이 훨씬 많기 때문이다. 오늘도 이렇게 또 한 수 배웠다.

"쌤, 잘 자요."

"그래, 잘 자자."

유리창을 긁는 소리가 멈췄다.

그래, 꽃이 피어도 비가 오는 게 아니라 비가 와도 꽃이 피는 것이다. 내일 또 비가 오면 이곳에 핀 꽃을 보여줘야지. 아픔의 틈에 피어나는 꽃을 같이 보고 있다보면 빗소리를 듣지 못하는 날도 오겠지. 비가 와도 괜찮다고 말할 날도 오겠지. 비가 많이 와서 꽃도 많이 핀 거라며 웃을 날도 오겠지. 그래, 그날을 꿈꾸어보자.

“진짜 엄마도 아니잖아요!”

‘청소년이라는 우주’라고 제목을 붙였지만 그 우주가 온통 긍정적인 기운만 품고 있는 건 아니다. 분명 나를 성장하게 하고 더 사랑하게 하며, 보고 또 보아도 끝없이 넓고 신비한 우주인 것은 확실하다. 하지만 때론 나를 주저앉게 하고 좌절하게 하는 것도 이 우주가 벌이는 일이다.

“진짜 엄마도 아니잖아요!”

내가 이 말을 처음 들은 장소는 경찰서였다. 내가 돌보는 녀석이 맞았다고 해서 경찰서에 갔을 때, 녀석을 때린 아이와 그 부모도 있었다. 나는 상대 아이의 부모와 똑같이 아이의 보호자로 그곳에 갔지만 법적 보호자가 아니기에 나를 따로 설명해야 했다.

“저는 청소년 활동가인데요, 개인이라 소속은 없어요. 이 아이는 제가 만나는 아이고요. 지금 법적 보호자와 분리 상태라 제가 왔습니다.”

경찰은 내 신원을 확인하는 몇 번의 질문을 더 한 뒤 상황을 설명했다. 설명 끝에 경찰은 합의를 권유했다. 나는 아이와 의논한 후 합의 조건을 말했다. 진심으로 사과하고 치료비를 지불하라고. 돈을 더 받을 생각도 없고, 한때 친구였던 녀석들이 가해자와 피해자로 경찰서에 와 있는 것이 마음 아프다고. 그러니 더 상처받지 않게 잘 마무리하면 좋겠다고. 그랬더니 우리 아이를 때린 녀석이 말했다.

“진짜 엄마도 아니잖아요? 근데 왜 나서요?”

한때는 친구여서 우리 아이와 같이 만나 피자를 사주기도 하고, 우리 아이에게 내가 있어 다행이라며 내게 고맙다고 했던 녀석이었다. 그 녀석의 입에서 나왔다고는 믿기 힘든 말이었다. 우리 아이는 그 말에 그 녀석을 노려보았고, 나도 노려보고 싶었지만 참았다.

"너, 알잖아. 내가 진짜 엄마 마음인 거… 너도 그래서 우리 민수 엄마 해줘서 고맙다고 했었잖아."

친구였던 가해자는 그제야 눈에 잔뜩 넣었던 힘을 뺐다. 왜 그 모습을 보니 울고 싶었을까? 그 마음을 나도 잘 모르겠지만 울음을 참아야 한다는 의지는 꺾이지 않았다.

이야기를 다 마치고 나와 가해자 가족의 차가 우리 앞을 지나쳐 가는 걸 보고 나서야 내 마음은 눈물을 허락했다.

"나도 차 살 거야. 아니, 면허부터 따자. 아, 짜증 나."

그런 말도 안 되는 말을 하며 우는 나에게 녀석이 사과했다.

"잘못했어요."

"맞은 게 뭐가 잘못이야. 피해를 입은 건 잘못 아니야. 가해를 한 게 잘못이지. 때린 게 잘못이야. 근데, 그래도 맞지 말자. 절대 맞지 마, 다음부턴."

녀석은 고개를 끄덕였다.

또 그 말을 들은 건 마포대교 위에서였다. 한 녀석이 죽겠다고, 이렇게 살고 싶지 않다고 했다. 그때 알았다. 죽고 싶다는 건 이렇게 살고 싶지 않다는 것이지 정말 살고 싶지 않다는 것은 아니라는 걸. 계속 말리는 내게 녀석은 격앙된 목소리로 말했다.

"아이 씨, 진짜 부모도 아니잖아. 나 죽는다고 무슨 상관인데! 아무 상관도 없으면서 왜 이래!"

내 마음은 그 말을 동시통역했다.

'나 죽으면 가슴 아프다고 말해줘요. 아무 상관도 없는 거 아니죠? 진짜 부모처럼 슬퍼할 거죠?'

이게 원래의 뜻이다. 다른 사람은 몰라도 나는 분명히 안다.

그런데 참 웃기다. 마음의 통역을 머리는 잘 믿지 않는다. 머리는 자신의 방식대로 집요하게 묻는다. 감성적으로 받아들이지 말라고. 저렇게 예의 없는 애를 또 감싸지 말라고. 부모처럼 아끼면 뭐하냐고. 저렇게 마음도 몰라주지 않느냐고.

그리고 참 이상하게도 종종 머리가 이긴다. 몸이 너무 아프면 일어날 힘이 없는 것처럼 마음이 너무 아프면 머리를 이길 힘조차 사라져버리는 모양이다.

"그래, 나 진짜 부모 아니지. 근데 나 왜 이러고 있니? 내가 왜 이 새벽에 너 죽을까 봐 미친 것처럼 울고불고하는 거지? 아무 상관도 없는데… 그냥 남인데… 그래, 네 말이 다 맞지. 그럼 그냥 가버릴까?”

녀석은 그 자리에서 ‘얼음’이 됐다. 절대 녹지 않겠다고 다짐하며 꼼짝도 하지 않는 얼음. 나는 녀석이 녹기를 기다리다 지쳐서 돌아섰다. 내가 돌아서서 몇 걸음을 옮겼을 때, 얼음은 겨우 한 방울 녹아 내렸다.

“가지 마… 요.”

그 말에 둘 다 ‘땡’이 되었는지 순식간에 엉엉 녹아내렸다.

청소년이라는 우주에는 종종 해가 뜬다. 그 해는 정말 눈이 부시게 찬란하다. 하지만 별안간 해가 지는 날도 있다. 그런 밤에는 야속하게 달도 뜨지 않는다. 그런 밤을 맞이하면 이 우주에서 사는 일은 딱 그만두고 싶은 일이 되어버린다. 그런데 왜 여태껏 그만두지 못할까?

죽음을 향해 가다가 간신히 몸을 돌린 한 녀석이 물었다.

“쌤은 힘들지 않아요? 청소년 만나는 거, 안 그만두고 싶어요?”

"힘들어. 그만두고 싶을 때도 많지."

"그런데 왜 안 그만둬요?"

"딱 그만두고 싶은 적이 이만 번인데, 딱 그만둘 수 없는 마음을 만난 적이 이만한 번이라서? 그리고 그 한 번이 너라서?"

녀석이 웃었다. 금세 찬란한 해가 떴다. 우습게도 이런 날이면 달도 뜨지 않았던 밤들이 잊힌다. 그리고 이 해는 달도 뜨지 않는 밤에도 잊히지 않는다. 그래서 나는 오늘도 이 우주에서 살고 있는 모양이다. 나는 진짜 부모가 아니지만 이 우주는 진짜 해를 품고 있으니까.

어떻게 이런 일이 일어날 수 있을까

"쌤, 그거 알아요? 우리는 가만히 있으라고 해도 가만히 있으면 안 되잖아요. 그러다가 가라앉았잖아요. 이제 밀라고 해도 밀면 안 돼요. 그러다가 깔렸잖아요. 우리는 계속 반대로 해야 하나봐요."

치킨을 먹다가 무심코 내뱉은 한 녀석의 말에 같이 먹던 녀석들과 나는 정지되었다. 나는 눈에 힘을 주고 쏟아지려는 눈물을 막았다. 울 자격이라는 게 따로 있는 건 아닐 텐데 울 자격이 없는 것 같아서….

내가 만나는 녀석들 몇 명이 이태원에 가겠다고 했다. 할로윈이라서가 아니라 마침 중간고사도 끝났고 날씨도 너무 좋아서 이태원에 놀러가겠다고. 내가 말렸다. 무엇을 예견해서가 아니라 그저 사람이 너무 많을 것 같아서. 오랜만에 놀러갔는데 사람들이 북적대면 자유롭게 놀지 못하니까 조금 한가한 곳을 제안했다.

그 말을 들어주어서 다행이라고 생각하게 될 줄은 몰랐다. 내가 그곳에 가지 말라고 말한 건 우연이었으니까. 이태원은 홍대 앞이나 성수동처럼 주말에 놀러 가는 게 이상하지 않은 곳이고, 내가 말려도 녀석들이 간다고 했다면 더 말리지는 않았을 것이다. "그래, 뭐 그래도 되지. 잘 놀다 와" 혹은 "그래, 뭐 젊은데, 사람 많은 게 무슨 문제겠냐? 다녀와" 했을 것이다.

이렇게 큰 문제가 될 줄 아무도 예상하지 못했으니까. 그날 이태원에 가지 않은 녀석들에게 "고마워. 내 말 들어줘서 고마워. 살아줘서 고마워" 하게 될 줄은 정말 생각하지 못했으니까.

토요일 밤, 참사가 일어난 걸 알게 된 후 내 쉬키들에게 정신없이 연락했다. 지금 어디냐고. 이태원에 가지 않았냐고.

이태원에 간 녀석은 없었다. 그런데 내 쉬키 세 명의 목소리가 심상치 않았다. 그 녀석들의 친구가 그날 그곳에 있었다.

지방에서 올라와 서울에서 일하고 있는 녀석이 있다. 어린 나이에 친구를 떠나보낸 아픈 기억이 있고, 어른들에게 받은 깊은 상처도 있는 녀석이다. 힘든 마음이 올라올 때마다 자신을 해친 적이 많아서 급하게 만나 치료해준 적이 여러 번 있다. 그런데 조금씩 안심이 되고 있었다. 자신을 해치는 횟수가 줄었고, 직장에서도 안정을 찾아가고 있었다. 참 오랜 시간이 걸렸지만 이제 진짜 많이 나았구나, 하는 생각에 기뻤다.

그런데 그날 고향에서 올라온 이 녀석의 친구 셋이 이태원에 갔다. 녀석도 같이 갈 뻔했는데, 빠질 수 없는 모임이 있었다. 그래서 친구들만 이태원에 갔고, 주말 지나고 녀석과 만나기로 했는데, 세 명 다 만날 수 없게 되었다.

"내가 같이 갈 걸 그랬어요. 나는 사람들 많은 데 가면 숨 못 쉬니까… 그러면 친구들이 나 때문이라도 사람들 더 많아지기 전에 돌아왔을 거예요. 내가 안 가서 나만 살았어요. 쌤… 나는 내가 숨 쉬는 게 잘못 같아요."

"아니야. 네가 갔어도 친구들은 더 논다고 하고 너 먼저 돌아왔을 거야. 네 잘못 아니야."

"가지 말라고 할걸. 우리끼리 놀자고 할걸. 왜 적극적으로 말리지 않았을까요?"

"친구들이 거기 간 게 잘못이 아니잖아. 거기 갔어도 살았어야지. 갔어도 안전했어야지. 가지 말았어야 하는 곳이 아니고, 그냥 길이잖아. 우리 누구나 갈 수 있는 길."

밤새 이야기하고 설명해도 녀석의 힘듦은 줄어들지 않았다. 당연한 일인데, 제발 조금 나아지기를 바랐다. 이제야 간신히 삶을 이야기하던 녀석이 다시 죽음을 이야기하게 만든 이 나라는 대체… 원망스럽기만 했다.

잠도 제대로 못 잔 녀석은 월요일에 출근해서 휴가를 냈다. 고향에서 친구들 합동 장례식이 열린다고, 고향에 다녀오겠다고 했다. 친구들을 잘 보내주고 오라고 했는데, 아직 못 떠나보내고 있는 모양이다. 당연하다. 너무 당연한 얘기다.

한 녀석은 중학교 때부터 친했던 언니를 잃었다. 같이 음악을 듣고, 같이 밥을 먹고, 같이 수다를 떨고, 같이 많이 웃던 언니라고 했다. 아무래도 이태원에 갔을 것 같아서 참사 소식을 접하고 연락을 했는데 연락이 되지 않았다고 했다. 하지만 걱정이 점점 커지고 있을 때 언니에게 전화가 왔다고.

'아, 이 언니 살았구나. 다행이다.'

반가운 마음으로 받은 전화는 언니가 건 것이 아니었다. 언니의 어머니였다.

"연락이 많이 와 있길래 전화했어. 언니가 전화할 수 있었으면 좋았을 텐데… 가버렸네."

아무리 힘들어도 잘 울지 않는 녀석인데, 얼마나 울었는지, 얼마나 아팠는지, 묻지 않아도 알 수 있었다. 그리고 며칠이 지나 이태원에 간 녀석이 있었다는 걸 알게 되었다.

"쌤, 저 이태원 갔었어요."

이 녀석의 연락을 받았을 때 심장이 내려앉는 것 같았다. 그런데 연락이 온 걸 보니 살아 있는 거였다. 그 생각이 들어 우선 안심했다.

"아무 일 없는 거지? 괜찮은 거지?"

"저, 거기 있었어요. 팔이 깔렸는데, 경찰이 구조해줘서… 팔만 다쳤어요."

"그럼 됐어. 살았으면 됐어. 이제 괜찮아. 괜찮을 거야."

나는 가슴을 쓸어내렸다. 그런데 녀석의 울먹이는 목소리가 들렸다.

"그런데요, 형이, 아는 형이 죽었어요."

나는 아무 말도 할 수 없었다. 내 쉬키가 살았다고 다행이라고 얘기할 수도 없고, 고인의 명복을 빌기에도 미안한 순간이었다. 잠시 시간이 정지되었으면 좋겠다는 생각이 들었다.

어떻게 이런 일이 일어났을까? 아직도 믿기지 않고, 앞으로도 한참 동안 믿기지 않을 것 같다. 죽겠다는 아이들을 살리려고 애쓰며 살았는데, 살겠다는 아이들이 이렇게 많이 한꺼번에 죽음으로 몰릴 줄 몰랐다. 허무하고 아프다. 그리고 떠난 아이들에게 너무 많이 미안하다. 산 사람은 살아야지, 라는 말을 참 싫어했는데, 요즘 내가 그 말을 따라 살고 있으니….

'너무 미안하다, 얘들아. 황망하게 떠난 너희들이 있는데, 남은 아이들만 걱정하고 살리고 있어서… 그런데 나중에 우리 하늘에서 만나면 또 즐겁게 놀 수 있게 너희 친구들 건강하게 잘 살리고 싶어. 그러니까 그곳에서 아무 걱정하지 말고 행복하게 잘 지내고 있어. 지켜주지 못해서 너무 미안해.'

하늘을 보며 사과하고 있는데, 메시지가 왔다. 확인해보니 친구 세 명을 잃은 녀석이 보낸 것이었다.

-너무 많이 힘들어요. 버틸 수 있을까요? 그냥 다 내려놓고

친구들 보러 가고 싶어요.

-많이 힘들 거야. 당연히 그럴 거야. 근데 여기서 쌤도 보고, 행복하게 살다가 나중에 아주 나중에 가자. 거기 가면 영원히 만날 거니까 급하게 가지 않아도 돼.

답장을 보내고 나니 너무 화가 난다. 정말, 왜, 어떻게 이런 일이 일어날 수 있는 걸까? 어떻게….

마지막 인사였던 걸 알아채지 못해서 미안해

-저 학교 띵깠어요. 짱이죠?

-쌉짱ㅋㅋㅋ

-ㅋㅋㅋㅋ 왜 욕 같죠?

-욕 맞으니까ㅋㅋㅋㅋ

-아ㅋㅋㅋㅋ

우리는 웃었다. 매일 우울하던 녀석이 얼마 만에 치는 장난인지, 너무 기쁘고 반가웠다. 이제 조금 괜찮아지려나, 조금만 나아지면 좋겠다고 생각했다.

2022년 12월 9일, 금요일이었다. 주말 지나서 또 연락하자고 약속했다. 그리고 일요일 밤, 녀석이 토요일 밤 하늘로 급하게 이사 갔다는 연락을 받았다. 누굴 속이지도, 누구의 돈을 훔치지도 않은 녀석이 갑자기 하늘로 야반도주를 했다는 소식에 땅을 치며 분노했다. 녀석이 사는 땅의 환경도 사회도 보호자도 미웠다. 땅의 꽃이 될 수 있는 녀석이었는데, 주위를 다 꽃밭으로 만들고도 남을 사람이었는데, 하늘의 별이 되어버렸다는 것을 믿을 수 없었다.

그래서 믿지 않기로 했다. 절대 믿을 수 없다는 그 녀석의 친구에게 말했다. 우리, 한 달만, 딱 한 달만 믿지 말자고.

"우리 선후, 한 달만 아직 우리 곁에 있다고 믿자. 그리고 한 달 후에 인사하고 오자. 나도 아직은 못 보내겠으니까 그러자, 우리."

녀석의 친구는 애써 눈물을 감추며 고개를 끄덕였다. 녀석과 녀석의 친구를 같이 아는 아이들은 녀석의 친구에게 참 강하다고 말했다. 울지도 않고 잘 버틴다며. 그런데 나는 그렇게 많이 우는 녀석을 어떻게 그리 생각하는지 잘 모르겠다. 밖으로 나오는 눈물보다 안에 쌓인 울음이 더 아프다는 걸 나중에는 다들 알게 될까?

약함을 표현할 수조차 없는 사람은 약함을 드러내는 사람보다 약하다. 녀석의 친구는 태산처럼 쌓아둔 눈물을 들킬까봐 고개를 숙였다. 그래서 나는 또 모른 체했다. 나에게도 눈물 없는 강한 사람으로 남고 싶은 그 마음을 지켜주고 싶었다.

한 달 동안 녀석의 친구와 나는, 잘 지냈다. 길 가다가 마주친 어떤 뒷모습이 녀석으로 변신하는 날이 있기는 했다. 멀리서 다가오는 앞모습이 녀석이었다가 다른 사람으로 바뀌기도 했다. 강의를 하고 있을 때 관객석에 문득 녀석이 나타나기도 하고, 못해준 것만 생각나는 밤이 오면 잠을 이루는 것조차 죄책감이 되어버리기도 했다. 하지만 매일은 아니었고, 항상은 더 아니었다.

녀석의 친구도 그랬다. 문득 안부를 물으면 친구들이랑 밥을 먹는다고 웃기도 하고, 새로 배운 공부가 재밌다고 자랑하기도 했다. 밤에 녀석이 너무 보고 싶다며 또 마음에 눈물을 쌓기도 하고, 녀석의 사진을 보내며 너무 통화하고 싶다고 하기도 했지만 가끔은 녀석을 한참 까먹었다고 미안하다고도 했다. 그래서 나는 우리가 잘 지낸다고 믿었다.

우리는 정확히 한 달 후에 만났다. 한 달이란 시간은 느렸지만 빨랐다. 내 친구가 운전하는 차를 타고 녀석의 친구와 나는 담담하게 서울시립승화원으로 향했다. 고인의 화장 분골을 무료로 뿌릴 수 있는 유택동산에 이름 없이 뿌려진 소중한 영혼들과 함께 녀석이 있었다. 제사를 지낼 수 있게, 조문하며 꽃이나 음식을 놓을 수 있게 돌로 된 단상이 있었다.

나는 그 단상을 '모두의 식탁'이라고 부른다. 그 식탁 가운데 뚜껑을 열면 여러 명의 분골이 함께 있으니까. 외롭고 고단했던 영혼들이 함께 그 안에 뿌려졌으니까. 누군가 조문을 와서 음식을 두면 같이 나눠 먹지 않을까? 시름도 아픔도 없는 그곳에서 함께 웃으면서….

나는 녀석이 좋아하는 사이다를 컵에 따라서 '모두의 식탁'에 놓았다.

"이선후, 오랜만이다. 너 좋아하는 사이다 사옴! 고팠지? 많이 마셔."

"혹시 이 녀석, 담배 피웠어?"

내 친구가 물었다. 나는 조용히 고개를 끄덕였다. 친구는 담배에 불을 붙여 사이다 옆에 놔주었다.

"너는 담배 안 피워서 모르겠지만, 사이다만큼 담배가 고플 거야."

나는 또 고개를 끄덕였다.

녀석의 친구는 담배와 사이다를 물끄러미 바라보다가 오른쪽으로 몇 걸음을 비켜서더니 갑자기 등을 돌리고 울기 시작했다. 아무 소리도 나지 않았지만 나는 기뻤다. 마음에 쌓아둔 울음이 드디어 못 견디고 비워지는구나. 그래, 조금이라도 비워내야 살지. 그런 생각이 들어서 나도 등을 돌리고 녀석의 눈물을 못 본 척했다.

내 친구는 그 모습이 안쓰러운지 담배를 피우기 시작했다. 선후도 같이 피우기 시작한 걸까. 불을 붙여둔 담배가 점점 태워지기 시작했다. 연기가 피어올랐다. 정말 선후가 피우고 있는 걸까. 아니면 옆에 같이 있는 어떤 아저씨가 뺏어서 피우고 있나. 아, 우리 선배도 같이 있는데 우리 선배일 수도 있겠다. 그런 생각이 드니 피식 웃음이 났다.

"선후야, 그곳에는 눈물이 없다며? 울보가 이제 울지도 않겠네. 근데 개부럽다. 그곳에는 우리 엄마도 있고, 우리 선배도 있고, 내가 참 좋아하는 대통령과 가수도 있는데 너는 다 만났을 거 아니야? 배고프면 우리 엄마한테 치킨 사달라고 그래. 내 쉬키라고 하면 1인 2닭쯤은 사줄 거야. 우리 엄마도 나 닮아서… 아니, 내가 우리 엄마 닮은 거라서 우리 엄마도 잘 사줌."

나는 나지막한 소리로 말했다. 녀석의 친구가 눈물을 멈추고 다시 등을 돌려 웃었다. 녀석도 울면서 선후에게 할 말들을 한 모양이다. 우리 선후, 하늘에서도 친구에게 욕 좀 먹었겠다. 곱게 말했을 리 없으니…. 그 생각을 하니 또 웃음이 났다. 녀석의 친구도 웃었다. 내 친구도 웃었다.

"이제 갈까?"

친구가 어느새 거의 다 태워진 담배를 끄면서 말했다. 나와 녀석의 친구는 고개를 끄덕였다. 선후에게 이제는 여기 걱정은 하지 말고 편하게 있으라고 인사하고 돌아섰다. 그리고 또 한 달이 지나 이 글을 쓰고 있다. 이제는 진짜 이별을 받아들여야 하는 시간이다. 나는 강의 중에 말했다.

"저는 청소년들을 만나며 셋을 떠나보냈어요. 두 명은 이미 벼랑 끝에서 찾아와서 몇 번 만나지도 못하고 애써보지도 못하고 보냈어요. 그때 생각했어요. 애써보기만 했어도 많이 만나보기만 했어도 이렇게 아프지는 않았을 것 같다고…. 그런데 아니네요. 얼마 전에 진짜 애쓰고 진짜 많이 얘기했던 녀석을 한 명 또 보냈거든요. 그랬어도 후회만 남고 아프네요. 한 명을 잃을 때마다 하늘과 땅이 한꺼번에 사라지는 것 같은 느낌이에요. 다시는 진짜 안 보내고 싶어요. 그래서 여러분의 살아 있음이 저는 참, 감사합니다. 이제 단 한 명도 먼저 안 보낼 거예요."

내가 안 보내고 싶다고 해서 진짜 한 생명도 떠나지 않는 일은 없다는 걸, 나는 알고 있다. 하지만 그 말도 안 되는 다짐을 하지 않으면 또 잃을 것 같은 두려움에 눌려 아무도 못 살릴 것만 같은 내 나약함도 너무 잘 알고 있다. 그래서 난 이제 절대 단 한 명의 아이도 먼저 보내지 않을 거다. 그리고 또 열심히 살려볼 거다.

2022년 12월 10일, 너무 예쁜 녀석이 하늘로 떠났다. 알코올 중독인 어머니를 사랑했고, 자신보다 동생을 더 걱정했고, 자신을 모른 척하는 친아버지를 그리워했고, 친구들을 진심으로 위하고, 고마움을 알고 미안함도 알던 그 아름다운 사람이 하늘로 이사했다.

울고 나면 잘 웃기도 하는 녀석이었다. 그 웃음을 한번 보면 모든 걱정이 사라지게 되는, 가뭄에 만난 샘물 같은 녀석이, 걱정하지 말고 주말 잘 보내라고 일부러 웃으며 농담하며 대화를 하고는 홀연히 가버렸다.

선후야, 그게 마지막 인사였다는 걸 알아채지 못해 미안해.

끝까지 지켜주지 못해 미안해.

그곳 사람들은 좋겠다. 너의 해 같은 미소를 매일 볼 테니까.

하지만 쌤은 정말 천천히 갈 거야.

네 미소가 진짜 많이 그리울 거 같지만,

또 다른 친구들 살리며 오래 살 거니까,

넌 이제 그곳에서 행복하게만 살고 있어.

그런데 우리 만나면 쌤한테 등짝 한 대는 맞아라.

너 이렇게 너 사랑하는 사람들을 놀라게 하고 갔으니까,

쌤이 비폭력주의자지만 등짝 한 대는 때려야겠음.

우선 등짝 한 대 맞고,

우리 밀린 이야기 밤 새워 다 나누자.

그곳에서 행복하기만 하면서 기다리고 있으면

우린 다시 꼭 만날 거야.

사랑한다. 그리고 아주 많이 미안하다.

잘못하지 않은 아이들이 잘못했다고 사과한다

아이가 사라졌다.

아이는 아버지라면 딸에게 할 수 없는 행동을 수차례 반복했던 아버지와 살았다. 그 오랜 고통을 끝내고 싶어 용기를 냈고, 용기의 대가는 가혹했다. 경찰서에 가서 자신이 당한 일에 대해 자세히 직접 설명해야 했으니까.

아이는 덤덤했다. 그래서 더욱 가슴이 아팠다. 조사는 다섯 시간 넘게 진행되었고, 아이는 자신의 마음 여기저기를 찌르고 다니는 유리 조각을 하나씩 꺼내놓았다. 그저 함께해달라는 아이의 요청에 나는 '신뢰관계인'이라는 명목으로 호기롭게 응했다. 그러나 나의 호기는 10분 만에 후회를 데려왔다. 아이 모습을 보는 것이 너무 괴로웠다.

아이가 꺼내놓은 유리 조각에 아이가 다시 찔렸다. 아이 마음에서 피가 났다. 나는 애써 딴생각을 했다. 인스타그램에서 본 웃긴 영상을 생각하기도 하고, 다른 아이에게 생긴 기쁜 소식을 떠올려보기도 했다. 하지만 계속 아이의 마음이 선명하게 들렸다. 마음 안에서 무참히 흐르는 피가 선연하게 보였다. 내가 찔리는 것처럼 아팠다.

그러나 내색할 수는 없었다. 지켜보는 고통은 직접 겪는 고통에 비하면 아주 하찮은 것이다. 감기 걸린 사람이 암 환자 앞에서 아프다고 말할 수 있겠는가. 나는 아랫입술을 깨물었다. 해줄 수 있는 것이 아무것도 없는 시간은 유독 길고 아득하다. 그 시간이 얼른 끝나기를 기다리는 마음은 이내 간절한 기도가 된다. 얼마나 더 간절해야 신은 내 기도를 들어줄까, 원망이 시작될 즈음 기억 하나가 툭 떠올랐다.

"내가 아프고 말지."

엄마의 말이었다. 내가 아프면 엄마는 옆에서 간호하며 이 말을 나직하게 내뱉었다. 그 말에 괄호가 숨겨져 있다는 걸 이제야 깨닫는다.

"(아픈 널 보느니 차라리) 내가 아프고 말지."

나는 아이의 아픔을 들으며 괄호를 생각했다. 조사받는 내내 의연한 모습을 보이려고 애쓰는 녀석을 보는 건, 차라리 내가 아프고 말았으면 하고 바라게 되는 일이었다.

오후 2시에 시작한 조사는 7시가 넘어서야 끝났다. 경찰서 밖으로 나오니 긴장했던 숨이 자연스러워졌다. 우리는 그곳을 빨리 벗어나고 싶어 서둘러 택시를 탔다.

"괜찮아?"

"네."

"안 괜찮아?"

"네… 아, 아니요."

바보 같은 질문이었다. 아이의 표정만 봐도 알 수 있었다. 안 괜찮은데 괜찮은 척하는 중이라는 걸. 그 유리 조각에 얼마나 찔렸니, 그 오랜 시간 동안 얼마나 아팠니… 내 마음에서는 이런 말들이 떠올랐지만 입에서는 애먼 질문이 튀어나왔다.

"배고프지?"

"쌤, 배고프죠? 나 때문에 괜히 밥도 못 먹고, 배고프겠다."

"우리 둘 다 배고플걸? 차가 너무 막히네. 우리, 가다가 내려서 뭐 좀 먹고, 막힐 시간 지나면 가자."

아이들을 만날 때마다 놀라는 건, 막다른 길에서도 상대방을 생각한다는 것이다. 나는 어딘가에 몰리면 내 슬픔에 잠겨 아무것도 보지 못하는데, 아이들은 막다른 길에서도 곁에 있는 사람을 보며 애써 웃는다. 그것이 청소년이란 우주에서 내가 느낀 찬란함이다. 아니, 그 찬란함 중 극히 일부다.

택시에서 내린 곳은 다행히 익숙한 곳이었다. 언젠가 친구와 함께 맛있게 먹었던 칼국수집이 보였다.

"저기 가서 먹을래? 칼국수 먹어? 해물파전도 맛있는데."

"해물파전이 뭐예요?"

"쌤이 좋아하는 건데 먹어볼래?"

아이는 고개를 끄덕였다. 칼국수 두 그릇과 해물파전을 주문했다. 아이는 해물파전을 한 입 베어 물고는 생각보다 맛있다고 말했다. 아이가 두 입을 베어 물었을 때 이상하게 안심이 됐다. 경찰서에 가면서부터 공중부양을 했던 내 긴장감이 그제야 내려앉았다.

갑자기 허기가 졌다. 칼국수 그릇을 들어 국물을 마셨다. 아이는 내 모습을 보고 씩 웃고는 칼국수를 먹기 시작했다. 며칠 잘 먹지 못했다는데, 정말 다행이었다. 아이가 먹는 모습을 보며, 젓가락으로 해물파전을 잘라서 아이 앞 접시에 놓아주었다. 아이는 입에 넣고 오물거렸다.

"맛 괜찮아?"

"오, 맛있어요."

내 얼굴에서 흡족한 미소가 흘러나왔다. 아이도 살포시 웃음을 건넸다. 그제야 마음이 좀 괜찮아진 모양이었다. 나는 파전을 한입 가득 넣고 오물거렸다. 아이와 눈이 마주쳤다. 다시 한번 웃음을 흘려보내야지, 생각했다.

그런데 그때, 갑자기, 아이가, 사라졌다.

나는 아이가 일어나 밖으로 나가는 것을 바라보았다. 하지만 사라지려고 했다는 건 몰랐다. 화장실이 급했나, 잠깐 바람을 쐬고 싶었나, 생각했다. 나는 뒤돌아 아이를 보았다. 아이는 쏜살같이 멀어졌다. 이게 무슨 상황인지 알 수 없었지만 무섭고 떨렸다. 그래도 돌아오겠지, 잠시 기다려보기로 했다.

5분이 지났다. 아이가 오지 않았다. 10분이 지났다. 여전히 아이가 없었다. 나는 그제야 긴급한 상황이라는 생각이 들었다. 얼른 계산을 하고 가게 문을 나섰다. 아이가 보이지 않았다. 아이에게 전화를 걸었다. 받지 않았다. 어디로 찾으러 가야 하지, 경찰에 연락해야 하나, 아이가 임시로 거주하는 쉼터에 먼저 연락해야 하나… 갈피를 잡지 못했다. 심장이 떨렸다. 계속 전화를 걸었지만 계속 받지 않았다. 벌써 무슨 일이 생겼으면 어떡하지… 발을 동동 구르고 있을 때 아이에게서 전화가 걸려왔다.

“쌤, 저만 사라지면 괜찮잖아요. 쌤도 안 힘들고, 안 위험하고. 아빠가 힘센 사람들 불러서 다 사실이 아니라고 할 거예요. 나만 거짓말쟁이가 될 거예요. 경찰도 내 말 안 믿을 거예요. 아무도 내 편이 아닐 거예요. 그러니까 내가 사라질게요. 쌤이 밝혀줘요. 그리고 쌤은 나 같은 애 때문에 힘들지 말고 잘 살아요.”

“내가 네 편이고, 경찰은 네 말을 믿을 거고, 나 말고도 네 편이 많을 거야. 아직 누군지 모를 뿐이지 없는 게 아니야. 그리고 네가 사라지면 밝히는 게 무슨 소용인데?”

“내가 사라져야 밝혀질 거 같아.”

“착각하지 마. 너 사라진 거, 아무도 모를 수도 있어. 그런데 왜 사라져? 살아. 살아서 봐. 진실은 꼭 밝혀지고 진심은 꼭 통한다는 거… 정의는 꼭 지켜진다는 거… 네가 살아서 꼭 봐. 내가 꼭 보게 해줄 테니까 꼭 살아서 봐. 살아야 볼 수 있어.”

전화가 끊겼다. 한 번 더 전화가 왔고, 아이는 똑같은 말을 반복했다. 야속하게도 차갑고 세찬 바람은 쉬지 않고 불어왔다. 손이 얼어서 버튼이 잘 눌러지지 않았다. 손에 입김을 불이가며 수도 없이 버튼을 눌렀다. 하지만 아이는 여전히 전화를 받지 않았고 약속한 시간만 흘렀다. 몸이 얼고 발가락이 갈라지는 것 같았다. 그리고 아이가 다시, 전화를 받아주었다.

"얼른 와. 쌤 추워. 너 모르지? 쌤, 혈압이 높아. 이렇게 추운데 밖에 계속 놔두면 위험하다고. 계속 이렇게 놔둘 거야?"

"그러니까 들어가요. 집에 가요."

"네가 어떻게 될지 모르는데 내가 어떻게 집에 가."

"제발 들어가요. 춥잖아요."

이 와중에도 우주는 찬란함을 내뿜는다. 막다른 골목에 서서 앞도 뒤도 길이 없을 텐데, 그런 아이가 나에게 길을 열어주려 한다.

"제발 돌아와 줘. 네가 이렇게 사라지면, 쌤이 어떻게 잘 살 수 있겠어?"

아이가 나지막이 흐느끼기 시작했다. 아직 마음의 피가 멎지도 않았을 텐데, 그 위에 눈물까지 더해지면 너무 쓰라릴 텐데, 아이가 걱정돼서 눈앞이 캄캄했다.

"맘껏 울어. 근데 쌤한테 와서 울어. 같이 울자. 응?"

전화가 끊겼다. 하지만 알 수 있었다. 아이가 내게로 오고 있다는 걸. 십 분쯤 지나 건너편 골목에서 마음과 몸의 기운을 모두 잃은 아이가 희미하게 보였다. 아이는 바람보다 약하게 내게로 불어왔다.

아이는 내 앞에 서서 대뜸 점퍼를 벗어주며 말했다.

“쌤 혈압 높잖아요. 추우면 위험하잖아요. 입어요.”

“그 정도는 아니야.”

나는 아이에게 다시 점퍼를 입히며 말했다.

“그런데 또 이러면 너 안 봐. 인연 끊을 거야.”

나도 참 고약하다. 그 말을 무서워할 걸 뻔히 알면서도, 살아서 다시 와준 것이 그저 고마우면서도 그딴 소리를 해댄다.

“왜 그런 말 해요? 왜 무서운 말 해요? 하지 마요.”

아이가 무너졌다. 감정을 어딘가에 꺼내놓고 온 사람처럼 무덤덤하게 조사를 받던 아이가 울었다. 그렇게 구체적인 질문에 어쩔 수 없이 아주 작은 유리 파편까지 다 꺼내놓으면서도 눈물 한 방울 보이지 않던 아이가 엉엉 소리 내며 울었다.

아픔을 꾹꾹 누르며 참아내던 아이가 이제야 자기가 아프다고 너무 아프다고 소리치는 것 같아서 마음이 아팠다.

‘아픈 널 보느니 차라리 내가 아프고 말지.’

내 마음이 말했다.

아이를 무사히 쉼터에 데려다주고 나왔다. 아이에게 문자가

왔다.

-잘못했어요. 다시는 안 그럴게요. 그러니까 인연 끊는단 말 하지 마요.

-나도 잘못했어. 그 말을 무서워할 거 알면서도, 그 말이 무서워서라도 네가 사라지지 않았으면 좋겠다고 생각했어. 그런 말 안 하고 싶은데, 또 그런 말밖에 널 붙잡을 수 있는 말이 없다면, 또 할지도 몰라. 미안해.

-저도 죄송해요.

-나도 미안해.

이번에는 내가 무너졌다. 길바닥에 주저앉아 한참을 엉엉 울었다.

잘못한 어른들은 잘못하지 않았다고 소리친다. 어디서 그런 뻔뻔함이 나오는지, 가끔은 정말 잘못하지 않은 건가 싶게 자신의 잘못을 숨기는 것에 정성을 다한다. 모두 그런 건 아니지만, 모두 그런가 싶을 만큼 그런 모습을 많이 목격했다. 그런데 잘못하지 않은 아이들이 잘못했다고 사과한다. 맞아서, 아파서, 울어서 죄송하다고. 잘못했다고. 그런 모습을 보면 폐가 아프다.

맞은 건 잘못이 아니야. 때린 게 잘못이야.

아픈 건 잘못이 아니야.

울고 싶으면 울어도 되는 거야.

아무리 말해도 아이들은 미안하다고 사과한다. 나는 그게 너무 아파서 자주 이렇게 무너진다. 잘못한 사람들이 사과하고, 잘못하지 않은 사람들이 사과하지 않아도 되는 세상을 꿈꾸는 것뿐인데, 그건 너무 터무니없는 욕심일까. 그렇다면 아이들에게 너무 미안해서 어쩌나.

그래서 눈물이 난다. 너무 미안해서, 어쩔 줄 모르겠어서. 그런데 해줄 수 있는 것이 별로 없어서.

내 손은 두 개뿐이라고 변명한다

월요일, 휴대전화가 계속 울렸다. 주말에는 연락을 쉬기 때문에 평소에도 월요일이면 아이들의 연락이 많이 온다.

나는 “이 녀석들이 아주 월요일만 기다렸고만!” 하고 웃으며 알림을 하나씩 확인했다. 그런데 점점 마음에 긴장이 들어앉았다. 평범한 연락은 몇 개 안 되고 나머지 연락들이 다 같은 내용이었다.

-쌤, 기사 봤어요? 라방 켜고 뛰어내린 거요.

-쌤, 라방 켜고 자살한 거 봤어요?

무슨 일이 있었던 거지? 나는 뉴스 기사를 검색했다. 아이들의 말을 토대로 검색창에 '라방 자살'을 입력했다. 기사가 주르륵 나왔다. 우울증이 있었고, 우울증 갤러리에 가입했고, 그곳에서 알게 된 사람에게 폭행을 당했고… 여기까지만 읽고도 걱정되는 쉬키들이 마구 떠올랐다.

-너 혹시 그 우울증 갤러리에 가입한 거 아니지?

쉬키들은 모두 아니라고 답했다. 그런 다음 그렇게 떠난 친구를 아는 녀석이 있는지 물었다. 가뜩이나 죽고 싶은 마음을 가진 아이들에게 누군가의 실행은 살아야 할 이유를 또 한 번 없애는 일이니까. 게다가 친구의 죽음이라면 더욱 큰 충격이고 아픔이고 공포일 테니까. 녀석들은 모두 아니라고 했다. 가슴을 쓸어내렸다. 그리고 그 아이를 위해 기도했다.

아이들에게도 진심으로 애도하되 그 영상을 보거나 자꾸 되새기지는 말라고 당부했다.

미리 그 친구를 알 수 있었더라면, 좋은 어른과 연결을 해주었더라면, 치료를 받을 수 있게 도울 수 있었더라면 죽지 않았을까. 죽음만은 막을 수 있었을까. 내가 품는 아이가 아니라도 자책하게 되는 마음은 같다. 그러나 자책에 빠져들기 전에 얼른 빠져나온다. 자책한다고 떠난 생명이 돌아올 수 없으니 떠날 것 같은 생명을 붙잡는 일에 매진하자고 마음을 도닥인다.

하루가 어떻게 지났는지 모르게 화요일이 되었다. 한 녀석에게 연락이 왔다.

-쌤, 그… 투신한 친구 있잖아요. 나 알아요.

마음이 툭 쓰러졌다.

-미안해. 서울이랑 경기 쪽에 있는 녀석들에게는 아냐고 물어봤는데, 너는 먼 지방에 있어서 네가 안다곤 생각 못했네. 너희들끼린 지역과 상관없이 연결되어 있을 수 있는 건데… 그 생각을 왜 못했지. 괜찮아? 안 괜찮지?

-ㅠㅠㅠㅠ

-쌤이 알아, 그 마음. 쌤은 한 번 본 적도 없는 녀석인데도 한 번만 보았으면, 얘기라도 건네봤으면 하고 막 후회가 돼. 그러니까 너는 더 힘들겠지. 그래도 널 다시 해치지는 마. 죽지는 마. 쌤이 곁에 있을게.

-저 이제 안 죽어요. 쌤이 있잖아요. 또 쌤 만나야죠. 이겨내 볼게요.

-완전 고마워. 혹시 그 영상도 본 거 아니지?

-네, 안 봤어요.

-응, 다행이야. 그 친구 좋은 곳으로 갔을 거야. 잘 보내주자.

-네, 맞아요.

아픈 아이들은 연결되어 있다. 죽고 싶다는 마음을 공유하고 서로 공감하고 위로받기도 하며 살아가기 때문에 죽은 아이가 내가 만나는 아이가 아니더라도 내가 만나는 아이의 친구인 경우가 많다. 그렇지 않더라도 고작 한두 명을 건너면 아는 경우가 많다. 그래서 한 명이 죽으면 여러 명이 아프다. 아픈 아이들의 연결됨은 타당한데 연결된 고통은 타당할 수가 없다.

"쌤, 제 친구가…."

문득 이렇게 시작되는 연락을 받는다. 받을 때마다 마음이 찢어진다. 이태원 참사 때 그랬고, 그 이전과 이후에도 그랬다. 그리고 다시 잦아지고 있다. 며칠, 마음이 힘든 녀석들에게 같은 당부를 하느라 바쁘다.

"봐. 그 친구는 우리가 아플 걸 몰랐지만 우리는 맘이 아프잖아. 그걸 생각해서라도 죽으면 안 되는 거야. 네가 죽으면 네 고통이 끝날 것 같지만 너와 연결된 사람들이 고통을 받아. 네가 생각하지 못했던 사람들까지도 네가 생각하는 것보다 더 많이 고통 받아. 넌 마음이 여리고 이기적이지 못해서 네 아픔을 어디

한번 속 시원하게 내뱉지도 못하잖아. 드라마에 나오는 복수는 하지도 못하고 꿈도 못 꾸잖아. 그런 네가 죽으면 많은 사람이 아파할 거라는 걸 알았는데, 그걸 알면서도 죽을 수 있겠어? 아니, 쌤은 알아. 너 못해. 너 그렇게 독한 사람이 못 되거든. 그러니까 스스로 널 해치는 일은 하지 마. 혹시 또 하게 되더라도 절대 죽지는 마."

이렇게 간곡하게 말하면서도 한편으론 그저 미안하다. 이미 떠난 아이에게 그렇게 말해주지 못해서. 남은 아이들의 아픔을 해결해주지도 못하면서 무책임한 말만 그럴싸하게 늘어놓는 것 같아서.

그 아이가 떠난 다음 날 한 아이가 또 떠났다. 그리고 어제는 아이들이 좋아하는 아이돌 가수 한 명이 또 스스로 떠났다.

"쌤, 가짜뉴스가 아니래요."

그의 팬인 한 녀석이 울며 말했다.

"그러게. 며칠 우리가 접한 죽음이 다 가짜뉴스면 좋겠는데, 왜 진짜인 거야. 눈물 나게."

나는 힘없이 대답했다. 녀석은 울었고, 나는 울 힘이 없었다.

매일 한 명씩 죽는다. 우리의 시선 바깥까지 포함하면 두 명일지 세 명일지 열 명일지도 모를 죽음이 매일 전해져온다. 붙잡아주지 못했다는 자책보다 내가 아는 녀석이 아니라는 위안을 붙잡아야 또 하루가 가능하다.

손잡아주라고 강의하면서, 남의 일은 없다고 말하면서, 나는 끊임없이 남의 일이고 싶어서 돌아서며 내 손은 두 개뿐이라고 변명한다. 살아낸다는 건 매일 이렇게 내 위선과 싸우는 일이다. 나는 이 싸움에서 이긴 적이 없다. 내일은 어떨까? 지지 않을 수 있을까? 가짜뉴스이길 간절히 바라게 되는 진짜뉴스가 또 터지지 않는다면 가능할지도 모르겠다.

/ 3장 /

문득 무너질 땐 마라탕

한 사람에게는 꼭 한 사람이 있다

민후는 아버지가 둘이다. 경민이도 정우도 아버지가 둘이기에 특별한 일은 아니다. 아버지가 하나인 사람에게는 특별한 일처럼 보일지도 모르지만, 아버지가 둘인 아이들은 알고 있다. 아버지가 둘인 사람의 수가 결코 적지 않다는 걸.

하나인 아버지가 나쁠 수도 있고 좋을 수도 있는 것처럼, 아버지가 둘이면 둘 다 좋을 수도 있고 둘 다 나쁠 수도 있다. 하지만 대개 하나는 좋다. 한 사람에게는 꼭 한 사람이 있다. 그것이 치유의 시작이 되고 회복의 씨앗이 된다.

민후의 두 아버지 중에서도 좋은 '한 사람'이 있다. 보통 이렇게 말하면 친아빠가 좋고 새아빠가 나쁘다고 생각한다. 편견이다. 민후의 새아빠는 좋고 친아빠는 나쁘다. 민후가 울먹이며 연락하는 건 거의 친아빠 때문이다. 그 연락들이 너무 많아 가장 최근 것을 꺼내본다.

"쌤, 원래 아빠한테 밤에 전화하면 안 되잖아요. 그런데 제가 마음이 너무 슬퍼서 전화했어요. 그런데 아빠가 다짜고짜 화를 내면서 지금 가족이 저를 모르는데 조심 안 하냐고… 이렇게 불쑥 전화하면 자기를 이혼시키려는 거냐고… 그러시는 거예요. 그래서 제가 너무 화가 나고 속상해서 나는 아들 아니냐고 했거든요. 그랬더니… 실수래요. 나는 아들 아니고 그냥 실수래요."

손과 마음이 떨렸다. 입에서 나온다고 다 말이 아니란 걸 새삼 깨달았고, 그 폭력을 들은 녀석의 마음을 떠올리니 가슴이 저려왔다.

"민후야, 그거 거짓말인데? 네가 왜 실수야? 그 말이 실수지. 너 엄청 소중한 생명이야. 앞으로 많은 사람이 널 축복할 거고, 소중하다고 말할 거야. 너는 진짜 멋지고 소중한 생명이거든."

"그런 거죠? 정말 그런 거죠?"

녀석은 한참을 울었고, 나도 따라 울었다. 하지만 이런 폭력은 아무것도 아닌 게 될 만큼 더한 폭력이 이어졌다. 나는 참고 참다가 속엣말을 해버렸다.

"진짜 이런 말 미안한데, 민후야. 안 만나면 안 돼? 너 이렇게 매번 마음 다치는데, 그걸 못 보겠네."

"저도 그러고 싶어요. 그런데 이상해요. 그렇게 할 걸 알면서도 보고 싶어요. 나와 닮은 사람이 이 세상에 있는 거잖아요. 제가 아빠 많이 닮았거든요. 그래서 그런 건지 그냥 정말 친아빠여서 그런 건지… 만나고 오면 다신 안 만나야지 하는데, 또 한참을 안 만나면 이상하게 보고 싶어져요. 미운데도 보고 싶으면 이상해요? 그럼 안 돼요?"

"아니야, 안 되는 건 아니야. 그럴 수 있지. 그런데 너무 속상해서 한 말이야. 네 마음 모르지만 알 것 같아. 쌤이 그렇게 말해서 미안해."

정말 그랬다. 내가 알 수 없는 마음인데 알 것만 같았다. 하지만 민후가 친아빠를 만나러 간다고 할 때마다 슬프고 속상하다. 어김없이 상처 받고 오는 민후가 안쓰럽고 안타깝다. 엄마라도 있었다면 그 마음을 좀 알아줄 텐데, 엄마가 하늘로 이사를 가버려서 더욱 마음이 좋지 않다. 하지만 같은 마음의 한 사람, 민후의 새아빠를 보면 그 속상함이 다 날아가는 것 같다.

엄마가 떠나고 민후는 두려웠다. 지금 같이 사는 아빠는 새아빠니까 엄마도 없는데 같이 있어도 되는지, 그러고 싶지만 새아빠가 부담스러워하지는 않을까 걱정이 쌓였다. 그 마음을 잘 전달했으면 좋았을 텐데, 자기도 모르게 "아빠는 나랑 안 살 거죠? 나랑 살기 싫죠?"라고 말해버렸다. 그 말을 해놓고 속상해서 내게 연락을 해왔다. 나는 아빠에게 두려워서 그랬다는, 솔직한 마음을 말씀드리고 사과하라고 했다. 그리고 몇 시간 후 민후는 내 덕분에 다 풀렸다며 신이 나서 연락을 했다. 고맙다는 메시지와 함께 아빠와 나눈 카톡을 캡처해서 보냈다.

-아빠랑 살고 싶은데, 아빠가 귀찮고 부담스러우실까 봐 너무 걱정이 되었어요. 서운하게 해드려서 죄송해요.

-아들, 살아 있어서 고맙고 먼저 말해줘서 고마워. 이미 넌 내 아들인데 내가 왜 힘들겠니? 하지만 네가 원한다면 보내줘야 한다고 생각했는데, 이렇게 말해줘서 너무 고마워. 아빠랑 같이 살자. 아빠도 네가 같이 살아주면 좋겠어.

-감사해요ㅠㅠ

민후는 카톡에 울음 표시인 'ㅠㅠ'를 붙였는데, 내가 붙일 수 있다면 열 개를 더 붙이고 싶었다. 정말 감동이었다. 감동이라는 말로만 표현해도 되나 싶을 만큼 참 오래, 짙게 뭉클했다.

오늘도 민후에게 연락이 왔다. 아빠랑 데이트를 한다고. 맛집에서 식사하고 인증샷을 찍어 보냈다. 그 모습을 보니 흐뭇해서 나는 그 사진을 저장했다.

민후는 여전히 상처를 받으면서도 친아빠를 만나고, 새아빠에게는 사랑을 받으면서 미안해한다. 그 녀석의 마음을 내가 다 알 수는 없어서 때로는 친아빠는 만나지 말라고 하기도 하고, 그래도 가고 싶다고 할 땐 잘 다녀오라고 하기도 한다. 아직도 여전히 다는 모르지만 이상하게 보고 싶어진다는 그 말이 마음에 남아서 절대 만나지 말라는 말이 목구멍까지 나왔다가 들어가 버리곤 한다. 하지만 그 녀석을 만나며 선명히 알 수 있는 것은 여전히 '한 사람에게는 한 사람이 있다는 것'이다.

아이들의 보호자는 좋을 수도 있지만 나쁠 수도 있다. 하지만 꼭 한 사람은 좋은 사람이다. 새아빠가 나쁜 녀석은 친아빠가 좋고, 친아빠가 나쁜 녀석은 새아빠가 좋다. 엄마도, 할머니도, 할아버지도, 시설장도 마찬가지다. 꼭 한 사람은 좋다.

모두가 좋은 사람인 경우도 있지만 적고, 모두가 나쁜 사람인 경우도 있지만 적다. 모두가 나쁜 경우가 생기면 한 사람도 없는 것 같지만 있다. 나에게 온 녀석도 있고, 더 좋은 선생님에게 간 녀석도 있다. 이모나 삼촌이 좋은 경우도 있고, 좋은 이웃이 품어주는 경우도 있다.

계속 나쁜 어른들만 만났던 녀석이 물었다.

"나는 왜 계속 나쁜 사람들만 만났을까요?"

"나 만났잖아. 나 좋은 사람인데?"

"근자감이에요!"

"흐흐, 그렇긴 하지. 근데 네가 근거가 되면 되잖아."

"아, 농담 말고요."

"이제 넌 계속 좋은 사람만 만날 거야. 그동안 만나야 할 나쁜 사람 다 만나서. 봐, 지금 나도 있지, 쉼터 선생님도 있지, 병원 복지사 선생님도 있지… 다 네 편이잖아."

"인정!"

녀석이 웃었다. 나는 왠지 뭉클했지만 따라 웃었다.

아이들이 만나는 모든 어른이 좋았으면 좋겠다. 지나친 이상주의라는 걸 안다. 하지만 꼭 한 사람에게는 좋은 한 사람이 있다. 이건 이상이 아니라 사실이다. 아직 없었다면 앞으로 꼭 있을 것이다.

그래서 상처 입은 아이에게 다시 일어설 용기가 생기고, 다시 걸어 나갈 힘이 생기면 좋겠다. 사람 때문에 아팠어도 결국은 사람 덕분에 나아진다는 걸, 그래서 사람을 소중히 여기고 자신을 소중히 여기며 살아가야 한다는 걸 알았으면 좋겠다. 그 어떤 존재도 실수일 수는 없으며, 소중한 생명임을 알았으면 좋겠다. 지금 이 글을 쓰는 나도, 이 글을 읽는 너도.

문득 무너질 땐 마라탕

"쌤!"

밤새 울어 눈이 퉁퉁 부은 녀석이 쉰 목소리로 나를 불렀다.

"지금 쌤이 보이긴 해? 눈이 아주 묻혔는데?"

"아, 쌤!"

"알겠어, 안 놀릴게. 뭐 먹을래?"

"문득 무너질 땐 마라탕이죠."

언젠가 내가 했던 말이었다. 자신의 마음이 무너졌다고 말한 녀석이 메뉴를 고르지 못해서 했던 말인데, 몇몇 녀석들 사이에서 유행어가 되어버렸다. 마라탕은 요즘 청소년이 가장 좋아하는 메뉴 중 하나다. 특히 여자 아이들이 더 좋아하는데, "마라탕 먹자!" 그러면 "좋아요!"라는 대답이 90% 이상이다.

나는 눈이 퉁퉁 부은 녀석과 함께 마라탕을 먹으러 갔다. 녀석은 맛있게 먹다가 또 울었고, 나는 그 모습이 귀여워서 웃다가 또 놀린다고 혼났다.

"이제 쌤이 너네 혼내는 것보다 너네가 쌤 혼내는 횟수가 많아지는 듯!"

"쌤이 그랬잖아요. 어른도 잘못하면 혼나야 한다고."

"누가 아니래? 혼나야 하면 혼날 테니까 우선 먹어. 먹어야 또 울지."

"아, 진짜, 쌤!"

"아, 알겠어. 안 놀릴 테니까 맛있게 먹어, 우선."

"알겠어요."

녀석이 다시 마라탕을 먹기 시작했다. 나도 다시 먹기 시작하려는데, 얼마 전에 보았던 사진 한 장이 떠올랐다. 장례식장의 상차림을 담은 사진이었다. 그런데 상차림이 예사롭지 않았다. 마라탕이 올라갔고, 버블티가 올라갔다. 어른들이 보았다면 "그런 걸 올리면 안 돼"라고 말할 수 있을 만한 음식들이었다. 한 어른이 말했다.

"원래 상차림 치우고 너희가 올리고 싶은 걸로 올리자."

눈치를 보며 음식을 하나씩 올리던 아이들은 이제 마음껏 올리고 싶은 것들을 생각했다.

"수정이가 좋아했던 거 또 뭐였지?"

"이경아, 네가 만든 계란말이!"

이경이는 집으로 향했다.

수정이는 이경이가 만드는 계란말이를 참 좋아했다. 이경이는 "그냥 평범한 계란말인데, 넌 왜 내가 만들어주는 걸 그렇게 좋아해?" 하고 물었다. 수정이는 해맑게 웃으며 "몰라, 난 네가 해준 계란말이가 젤루 맛있어!" 하고 대답했다.

이경이는 자꾸 떠올렸다. 이제 다시 볼 수 없는 수정이의 웃음이 잊힐까 두려워, 떠올리고 떠올리며 계란말이를 만들었다. 옷소매로 눈물을 연신 훔치며 계란말이를 만들다가 수정이가 있다면 '네 눈물이 들어가서 소금 안 넣어도 짜겠네!' 하고 놀리며 웃을 것 같다고 생각했다. 다시 수정이가 선명해졌다. 그게 기뻐서 웃었다.

'수정이한테 얼른 가져다줘야지.'

이경이는 서둘러 장례식장으로 돌아갔다. 계란말이를 가지

런히 담아 상 위에 놓았다. 그새 다른 친구들이 수정이가 좋아하는 음료를 몇 잔 더 놓았고, 연어초밥과 베이글도 놓았다. 사진 속 수정이는 이경이가 떠올린 웃음을 그대로 머금고 있었다.

수정이의 친구들은 죽음에 순서가 없다는 말을 알고 있었다. 하지만 그게 열여덟 살에게도 해당되는 말이라는 건 알지 못했다. 그래서 수정이가 갑자기 떠난 이후 수정이 친구들이 맞이하는 하루는 매일 변덕을 부렸다. 하루는 수정이의 죽음이 믿어졌다가 또 하루는 믿어지지 않았다가, 수정이가 희미해지는 것 같아 괴로웠다가 다시 선명해져서 반가웠다. 어떤 날은 수정이를 얘기하며 웃기도 했고, 웃다가 울기도 했다. 그렇게 변덕을 부리는 마음이 밉기도 하고 고맙기도 했다. 하지만 그리움은 지독했다. 매일 녀석들을 찾아왔고 좀처럼 떠나지 않았다. 그리움만은 변덕을 부리지 않았다.

이경이는 내가 상담하는 아이다. 사는 곳이 멀어 자주 만나지는 못하지만, 디엠으로 자주 이야기를 주고받았다. 갑자기 수정이가 떠나고 이경이는 잠을 잘 이루지 못했다. 그런 밤마다 대화를 나누었는데, 그 내용은 매번 달랐다.

-작가님, 저 너무 힘들어요. 수정이가 너무 보고 싶어요.

-그래, 얼마나 힘들까. 대신 겪어주지 못해서 미안해.

어떤 날은 이렇게 그리움을 이야기하는 것도 힘이 드는지 짧게 대화가 끝났다.

-작가님, 참아야 하는데 자꾸 눈물이 나요ㅜㅜ

-눈물을 왜 참아. 눈물도 웃음만큼 소중한 감정인걸.

-울어도 돼요?ㅜㅜ

-그럼 울 때는 울어야 또 웃을 때 웃을 수 있어.

-다 울고 나면 그 길목에는 또 꽃이 피겠죠? ㅋㅋㅋ

-그거 어느 유명한 작가가 '그저 과정일 뿐이에요'라는 책에 쓴 내용 아님?

-ㅋㅋㅋ 그 작가님이 같은 제목으로 노래도 만들었을걸요?

-ㅋㅋㅋ 이미 꽃은 피고 있어. 네가 아직 그 꽃을 보지 못했을 뿐. 근데 울다 웃냐? 엉덩이에 뿔 나겠네.

-뿔 안 남~ 아직 울고 있기 때문. ㅎㅎ 타자로만 웃기.

-ㅎㅎㅎ 그래도 웃은 건 웃은 거지, 뿔도 나고 있다.

-어 이건 진짜로 웃었어요. ㅋㅋㅋㅋ 뿔 나겠다.

어떤 날은 이렇게 웃으며 마무리되기도 했다.

-작가님, 제가 죽으면 수정이를 만날 수 있을까요?

-만날 거야. 영혼은 늙지 않거든. 네가 천천히 가도 수정이

는 그 모습으로 기다릴 거야. 네가 아주 천천히 오기를 바랄 거고.

-난 강한데… 왜 자꾸 작가님하고 얘기하면 무너져 내리는 걸까요?

-진짜 강한 건 울고 싶을 때 우는 사람이지 참는 사람이 아니야. 너의 예쁜 마음이 내 말에 담긴 맘을 알아주어서 그래.

-상처 난 곳에 소독하면 따갑잖아요? 그래서 처음 말할 땐 엄청 따가워요. 그 상처를 다시 건드려야 하니까. 근데 그 상처가 아물면서 조금 덜 따가워요. 그러니까 소독하는 게 무서워도 열심히 소독할게요. 작가님은 귀찮더라도 연고도 바르고 밴드도 붙여주세요. 그래 주실 수 있어요?

-그럼! 하나도 안 귀찮아. 천천히 아물어도 괜찮으니까 네가 스스로 소독하는 것도 보고 연고도 발라주고 밴드도 붙여줄게.

어떤 날은 이렇게 서로에게 서로가 위로라는 걸 확인하고 잠을 청하기도 했다.

몇 달의 시간이 흘렀다. 이경이가 방학을 맞아 서울에 와서 만났다. 오랜만에 본 얼굴이 반갑기도 하고 안쓰럽기도 했다. 이경이는 그날 그 상차림이 찍힌 사진을 보여주었다. 맑고 예쁜 너석들이 자신들의 진심을 담아 차려낸 상차림을 보니 마음이 몽글해졌다.

"작가님 덕분에 진짜 많이 괜찮아졌어요. 감사해요. 영혼은 늙지 않는다는 말, 너무 위로가 되어서 친구들에게 다 말해주었어요. 저도 친구들도 많이 나아졌어요. 하지만 아주 잘 살지는 못하는 것 같아요."

"그게 잘 사는 거야. 그러다 문득 무너질 뿐이지. 그럴 땐 울고 싶으면 울고, 그리워하고 싶은 만큼 그리워해도 돼. 나중에, 아주 나중에 하늘에 가서 수정이랑 마라탕도 먹고 베이글도 먹고 버블티도 먹자. 아, 넌 거기서도 계란말이 해줘야 함!"

"좋아요. 꼭 우리들 모인 곳에 놀러오세요!"

"그럼 그럼!"

나는 상상해보았다. 수정이와 이경이와 친구들이 모인 곳에 놀러가서 실컷 수다도 떨고 게임도 하고 음식도 나눠 먹는 상상. 그 상상 속에서 아이들은 울지 않아서 눈이 붓지 않았다. 그저 웃고 떠들었다.

"우리, 문득 무너질 때 먹었던 마라탕이나 먹을까?"

내가 말하면 아이들은 웃으며 "좋아요!" 하고 말했다.

"쌤, 무슨 생각해요?"

눈이 퉁퉁 부은 녀석이 마라탕을 먹다가 말고 물었다.

"문득 무너질 땐 역시 마라탕인 거 같다고. 쌤이 계속 마라탕 같이 먹어줄 거니까 네 옆에 아무도 없다고 울지 마. 아니, 울어도 되는데, 아무도 없지는 않아."

"죄송해요."

녀석의 눈에 또 눈물이 고였다. 이번에는 나의 눈도 그랬다.

"너, 왜 문득 무너질 땐 마라탕인지 알아?"

내 질문에 녀석이 고개를 갸우뚱거렸다.

"마라탕이 매워서 눈물이 좀 나도 안 쪽팔림! 매워서 눈물 난 줄 알 거 아니야?"

"오, 쌤, 이럴 땐 좀 똑똑함!"

"인정!"

우리는 울다 웃으며 마라탕 그릇을 깨끗하게 비웠다. 다음에 이경이를 만나면 마라탕을 먹어야겠다. 나중에, 아주 나중에 수정이를 만나서 같이 먹을 날을 상상하며.

이제 그만하고 싶어, 숨바꼭질

정우가 5학년일 때였다. 정우 누나를 먼저 만나 돌보고 있었고, 정우는 정우 엄마의 장례식에서 처음 만났다. 정우 엄마는 열여덟 살에 상경해서 식당에 취직했고, 그 식당 단골이었던 스무 살 많은 손님과 스무 살에 결혼했다. 결혼식은 하지 않았다. 정우 엄마가 정우 아버지의 집으로 들어간 것이 결혼식이었고, 신혼여행이었으며, 결혼의 시작이었다.

정우 엄마는 자신의 아버지와 달리 밥벌이를 하는 남자를 만나 사는 것이 희망이었다. 자신의 아버지와 사는 일보다는 훨씬 편할 것이라는 희망. 하지만 그 희망은 이내 절망으로 바뀌었다. 남편은 밥벌이를 하긴 했지만 아버지와 크게 다르지 않았다. 폭력적인 말과 행동은 어린 시절 그녀가 겪었던 아픔을 떠올리기에 충분했다.

내가 정우 엄마를 처음 만났을 때, 정우의 누나이자 그녀의 딸인 정민이는 열여덟 살이었고, 정우 엄마는 서른여덟 살이었다. 위암 말기 판정을 받았는데, 아무런 의욕을 보이지 않았다. 덜 아프게 빨리 가고 싶다는 말만 반복했다. 하늘이 그녀의 기도를 들어준 걸까? 그녀는 의사의 예상보다 훨씬 빨리 떠났다.

그녀의 남편은 장례식을 제대로 치르지 않았다. 술에 취해 아내의 장례식이라는 것도 제대로 인식하지 못했다. 나와 복지사는 그의 몫을 대신하느라 정신이 없었다. 문상객은 몇 명 되지도 않았는데, 누가 오는지 누가 가는지 알 수 없었다. 하지만 정우는 한눈에 들어왔다. 5학년이었는데 1학년 정도로 보였다. 또래보다 작은 정도가 아니라 눈에 띄게 작았다. 나는 정우에게 다가서 물었다.

"네가 정민이 동생이야?"

정우는 고개를 끄덕였다.

"나는 정민이 누나의 쌤이야. 써나쌤! 누나가 말한 적 있어?"

정우는 또 말없이 고개를 끄덕였다. 나는 정우의 손을 잡고 정우가 얼른 경계심을 풀어주기를 바라며 몇 마디를 더 물었다. 그때 정우의 나이를 알았다. 놀라지 않은 척했지만 놀랐다. 그런데 다행이라는 생각도 들었다. 엄마를 잃은 나이가 여덟 살이 아닌 열두 살이라서…. 내 예상보다 4년을 더 엄마와 같이 산 것이라는 사실에 안심이 되었다.

정우 엄마의 장례식 이후 나는 정민이를 만날 때 정우를 같이 만나기도 하고 정우를 따로 만나기도 했다. 정우는 서서히 마음을 열어주었고, 나를 점점 잘 따랐다. 나는 그 작고 여린 아이가 폭력에 노출되어 있다는 사실이 가장 아팠다.

정우가 아빠에게 맞았다는 소리를 듣고는 집에 찾아가서 따지기도 하고, 따지다가 내가 맞을 뻔하기도 했다. 경찰에 신고해봤지만 용케도 매번 집으로 돌아오는 아버지에게 아이들은 잊을 만하면 또 발길질을 당해야 했다. 나는 그 모습을 듣거나 볼 때마다 엄마보다 아버지가 먼저 죽었어야 했다고 생각했다.

'신은 착한 사람을 먼저 데려가는 것 같다'는 말을 들었을 때 정우 엄마가 떠올랐다. 그리고 잠시 신을 원망했다. 그 이후로도 계속 정우 아버지의 이야기를 듣거나 볼 때마다 신을 원망하는 것 외에 내가 할 수 있는 일은 없었다.

그러던 어느 날, '신은 나의 원망을 듣지 못한 걸까' 하는 생각이 들었다. 정우 아버지는 죽지 않았는데 정우가 집을 나갔다. 아무리 찾아도 찾아지지 않았고, 겨우 열네 살인 아이가 어디에 그렇게 꼭꼭 숨었을까, 그 아이의 작은 몸집을 원망하다가 다시 신을 원망하기를 반복했다.

시간은 무심하게 흘렀고, 시간만큼 무심하게 느껴지는 정우는 우리 앞에 나타나지 않았다.

"쌤, 정우 살아 있어요. 죽었으면 연락이 왔겠죠. 저는 이제 그만 찾고 알바 할래요. 돈 모아놓고 정우가 오면 맛있는 거 사 줄래요."

정민이의 말에 부끄러웠다. 나는 이미 다른 아이들을 돌보며 내 일을 하느라 정우를 찾는 시간을 납작하게 만들어놓고 있었다.

"그러자. 돌아올 거야. 네 말대로 살아 있으니까."

그리고 몇 년 후, 정우가 점점 희미해졌을 때 예상하지 못했던 장소에서 정우를 만났다. 지방에 있는 소년원에 강의하러 갔을 때 내 강의를 듣기 위해 앉아 있던 아이들 사이에 정우가 있었다. 그때 강의 제목이 '그저 과정일 뿐이야'였는데, 정우를 보면서 그것이 결과인 것만 같아 참담했다. 내내 신을 원망하고 정우를 원망하는 마음이 요동쳐서 어떻게 강의를 마쳤는지 모르겠다.

"얘들아, 우리 다음에는 여기서 만나지 말자. 꼭 밖에서 만나서 치킨 먹자."

이렇게 강의를 마무리하고 무대에서 내려오는데 눈물이 왈칵 쏟아졌다. 옷소매로 눈물을 훔쳐내고 담당 교도관에게 가서 사연을 말하고 정우를 따로 만날 시간을 부탁했다.

"그렇지 않아도 보호자만 면회가 되는데 정우는 아무도 오지 않아서 누구 한 사람이라도 있으면 좋겠다고 생각했어요."

담당 교도관은 보호자를 대신하는 후견인으로 나를 등록하고 면회 시간 30분을 허락해주었다. 나는 면회실로 먼저 가서 정우를 기다렸다. 정우가 살아 있어서 다행이라는 마음과 정우가 아니기를 바라는 마음이 자꾸 충돌했다. 몇 번의 충돌이 이어진 후 정우가 들어왔다.

장례식에서 나를 경계하며 관찰하던 정우, 햄버거를 먹으며 해맑게 웃어주던 정우, 누나와 몇 차례 같이 만난 후 처음으로 나를 "쌤!" 하고 불러주던 정우가 교복 대신 퍼런 옷에 이름 대신 번호를 달고 나타났다.

"쌤, 쌤이 쓴 책 여기에도 있는 거 알아요? 내가 이 책 쓴 사람 안다고 했는데 형들이 안 믿었어요."

정우의 첫 마디였다. 그 말을 하고 씩 웃는 녀석의 모습을 보니 여러 마음의 충돌이 멈췄다. 살아 있어서 다행이라는 마음만 남았다.

"어떻게 지냈어?"

"아, 저요, 제빵사 자격증 땄어요. 빵도 만들고 케이크도 만들 줄 알아요. 내가 나중에 만들어줄게요."

"언제?"

"6개월만 있으면 나가요!"

나는 정우가 퍼런 옷을 벗고 하얀 가운을 입은 모습을 상상했다. 빵집에서 갓 구운 빵을 들고 나와 내게 건네는 상상 속에서 정우는 해맑게 웃고 있었다.

"약속해!"

나는 정우에게 새끼손가락을 내밀었다. 정우는 자신의 새끼손가락을 내 손가락에 걸었다.

"도장도 찍어요?"

"복사도 해야지!"

우리는 도장도 찍고 복사도 했다. 30분이란 시간은 3분처럼 빠르게 지나갔다. 우리는 서로가 보이지 않을 때까지 계속 뒤돌아보며 헤어졌다. 밖으로 나오니 하늘에서도 내 얼굴에서도 비가 내렸다.

6개월 후 정우는 정말 퍼런 옷을 벗고 나를 찾아왔다. 우리는 면회가 아닌 약속으로 만났고, 급식이 아닌 치킨을 먹었다. 정우는 빵집에 취직해서 나에게 빵을 만들어줄 날을 꿈꾸며 들떠 있었다. 나도 덩달아 들떠서 "요즘 소금빵이 맛있던데 그것도 만들어줘"라고 말했다. 정우는 "알겠어요. 쌤 생일 때 케이크도 만들어줄게요"라고 말했다. 그리고 한 달쯤 후 정말 빵집에 취직했다는 문자가 왔다. 나는 정말 하늘을 나는 것 같았다. 그 기쁨을 어떻게 표현해야 할지 몰랐지만 내가 기쁠 수 있는 만큼 최대한 기뻤다.

하루하루 정우의 수습 기간이 지나 정우가 만든 빵을 먹을 날이 가까워지고 있었다. 물론 정민이도 나와 같은 꿈을 꾸고 있었다. 우리는 이틀에 한 번꼴로 연락하며 정우가 만들 빵을 기대했다. 그러던 어느 날 정우가 또 예상할 수도 없는 숨바꼭질을 시작했다.

"쌤, 정우가 또 사라진 것 같아요. 이틀째 연락이 안 돼요."

마음에 돌이 툭 떨어지는 것 같았다. 정우는 또 감쪽같이 숨었다. 정우의 친구도, 정우가 일하던 빵집 주인도, 소년원에서 친해진 형도 정우의 행방을 몰랐다. 정민이와 나는 처음 숨바꼭질하던 때와 같았다. 정말 열심히 찾았고, 시간이 지나며 열심을 잃었다. 열심히 찾아야만 살 수 있을 것 같은 시간을 지나면 살기 위해 열심을 내지 않게 되는 시간이 오게 된다는 걸 우리는 이미 알고 있었다.

정민이는 열심히 일하고 있다. 나도 열심히 아이들을 만나며 일하고 있다. 매일 정우를 찾지는 않지만 문득 정우가 그리운 날들이 있다. 어느 뒷모습이 정우인가 싶어 다가갔다가 정우가 아니란 걸 알고 실망하는 일도 몇 번을 겪었다.

정민이와 나는 정우가 살아 있음을 믿고 있다. 어쩌면 그것으로 불안을 태운다. 숨바꼭질 시간은 처음의 두 배가 되어가고 있다. 열심히 살아가다 문득, 우리는 우리의 열심이 정우를 향하고 있지 않음에 찔린다.

"어렸을 적에 말이야, 술래를 하는 시간이 길어지면 숨바꼭질을 그만하고 싶어졌어. 지금도 그러네."

내 말에 정민이는 고개를 끄덕인다.

우리는 더 이상 정우 이야기에 눈물을 펑펑 흘리지 않는다. 그러나 정우를 발음하면 마음 깊은 곳에 고인 눈물이 철렁 파도를 친다. 정우가 이제 술래를 바꿔주면 좋겠다. 아니, 숨바꼭질을 그만두어주면 좋겠다. 우리는 더 이상 빵을 만들어주는 정우를 바라지 않는다. 그저 우리를 보고 웃어주던 정우가 보고 싶다. 정우를 다시 만나면 원망과 미움이 요동치는 마음에서 '살아 있어서 고마워'라는 말만 건져서 건네고 싶다.

거짓말하는 아이

제목을 써놓고 한참을 고민했다. 괜히 부정적으로 읽히진 않을까. 이미 청소년에 대해 부정적으로 생각하고 있다면 그 생각에 확신을 얹어주는 건 아닐까. 하지만 쓰기로 했다. 우주에 빛나는 일만 일어나는 건 아니니까. 사랑할 만한 행동을 해서 사랑하는 것이 아니라 존재 자체를 사랑하는 것이니까.

제이는 처음에 입시 스트레스를 말하며 디엠으로 상담을 신청했다. 내가 쓴 글을 보고 위로를 받아서 내 계정을 찾아 말을 걸었다고 했다. 나는 여느 청소년들에게 그런 것처럼 이야기를 들어주고, 위로했다.

반년쯤 상담이 이어졌을 때 자신이 가정에서 당한 폭력에 대해 얘기했다. 격리가 필요하다고 판단했고, 임시거처를 마련해주었다. 경찰에 신고한 후 쉼터가 연결되었고, 병원 상담도 받을 수 있게 되었다. 이제 잘 치료받는 일만 남았다고 생각했고, 우선 안전한 거처가 생겼으니 안심했다.

하지만 그게 시작이었다. 스스로 목숨을 끊은 친구가 자꾸 보인다고 했다. 밤마다 그 친구에 대해 얘기하며 울었다. 친구를 따라가겠다며 다리에 올라가기도 했다. 정신없이 달려가 경찰을 부르는 일을 열 번쯤 치렀다.

나는 점점 지쳐갔다. 사랑하며 사는 것이 정말 가능할까, 나의 첫 마음을 의심하기 시작했다.

사랑하기로 한 사람을 계속 사랑하는 일이 얼마나 어려운지 자주 느끼고 깨달았다. 그래도 진짜 못하겠다 싶어지면 제이가 조금 잠잠해졌다. 매일 오던 연락이 조금 뜸해지고, 다른 아이들을 만날 틈도 생겼다. 하지만 이제 좀 괜찮으려나 싶으면 다시 시작됐다. 사실 영원히 떠난 친구가 또 있다고 했다. 자신이 사랑하고 좋아하면 다 죽는 것 같다는 말도 했다. 이 말은 정말 친구 몇 명을 잃고 가족도 잃은 녀석이 했던 말이라 그 녀석까지 떠올라 마음이 더 아팠다.

다시 마음을 다잡았다. 내가 이렇게 가슴 아픈 녀석을 내 체력이 안 된다는 이유로 놓으려고 했구나, 몹쓸 마음이었다고 반성하며 다시 제이를 품었다. 그렇게 몇 번을 반복했는지 모르겠다. 정말 못하겠어서 물러섰다가 죄책감에 다시 다가갔다가, 내 마음은 혼자 이별과 만남을 왕복했다.

제이의 문제는 끝이 없었다. 친구 몇 명을 잃었다는 것으로 내가 더 이상 집중하지 않자 제이는 다른 문제를 끄집어냈다. 사실은 자신이 폭행의 가해자이기도 하다고 했다. 피해자로 살다가 울분이 가득 찼을 때 싸움을 일삼는 무리와 어울리며 약한 아이들을 때리기도 했다고.

이 또한 겪었던 사례이기에 바로 믿어졌다. 피해자인데 피해가 쌓인 후 가해자가 되는 경우는 생각보다 흔하고, 심정적으로는 이해가 되기도 하니까. 나는 그 이야기를 듣고 병원에 이야기하고, 상담을 이어갈 수 있게 돕고, 만나서 밥을 먹으며 또 이야기를 들었다.

그런데 제이를 돌보는 일이 2년 동안 반복되면서 내게 병이 생겼다. 제이의 전화만 오면 심장이 떨어지는 느낌이 들었고, 제이가 나를 해치는 꿈을 꾸기 시작했다. 갑자기 숨이 가빠지기도 하고, 이유 없는 불안함이 마음에 가득 차기도 했다.

관계를 끊을 수는 없었다. 이렇게 아픈 아이에게 등을 돌릴 용기가 없었다. 하지만 계속 만날 수도 없었다. 두려웠다. 제이가 두려운 게 아니라 제이가 꺼내서 들고 올 문제가 두려웠다.

제이는 점점 더 강하고 더 어두운 문제를 꺼내 보였다. 자신이 당했다는 폭행의 수위도, 자신이 저질렀다는 잘못의 수위도 높아졌다. 자신의 문제를 꺼내지 않는 시기에는 친구들 문제를 얘기했다. 제이의 친구라며 메시지를 보내온 사람이 제이와 자신의 문제를 얘기하기도 했다.

결국 나는 제이에게 조금 시간을 달라고 부탁했다. 건강도 나빠졌고 상담도 많아져서 너에게만 집중할 수가 없다고. 사실이었다. 내가 부탁을 할 무렵 제이는 가정으로 복귀하고, 병원도 잘 연결되어 있었다. 그것이 그나마 내가 용기를 낼 수 있는 이유가 되었다.

나는 그때까지도 제이가 한 말이 모두 사실인 줄 알았다. 정말 내 건강이 좀 회복되면 다시 제이를 만날 생각이었다.

그런데 아주 우연히 제이가 거짓말을 하고 있다는 걸 알게 되었다.

제이를 가르치던 선생님에게 연락이 왔다. 그리고 내가 알고 있는 제이의 가정사가 틀린 것 같다고 했다. 아무래도 이상하다며 자신이 왜 이상하다고 생각하는지 말해주었다. 나는 그럴 리 없다고 했는데, 사실을 알아보니 그 선생님 말이 맞았다.

제이의 친구라며 연락해왔던 사람도 실제 인물이 아니었다. 제이가 다른 이름으로 계정을 만들어 내게 말을 건 거였다. 하지만 모두 다 거짓말은 아니었다. 내가 아는 것과 달랐지만 폭력을 당했던 것, 내가 아는 것처럼 여러 명은 아니지만 친구가 이 땅을 떠난 것은 사실이었다. 아니, 사실 지금도 헷갈린다. 사실과 거짓을 명확하게 나누기 어렵다. 얼마나 조밀하게 뒤섞여 있는지, 다 거짓은 아니고 다 사실도 아니라는 것만 사실일 뿐이다.

피아노를 연주하는 친구의 CD라며 그 친구에게 직접 사인받은 CD를 선물해줬는데, 사인이 가짜였다. 우연히 그 CD의 주인공이 한 사인을 보게 되었는데 필체가 너무 달랐다. 그래서 제이의 필체와 대조해봤더니 제이 필체였다. 제이가 사인을 위조한 것이다. 그 CD의 주인공이 제이가 아는 친구인 건 맞았다. 하지만 그 친구가 내게 디엠을 한 사실은 가짜였다. 그것도 제이가 만든 계정으로 추정된다.

이런 사실을 알고 한동안 넋을 잃었다. 자꾸 제이의 말을 억지로 떠올리며 사실인지 아닌지 되돌아보고 확인해보게 되었다. 지금 생각하면 어떻게 그걸 그대로 믿었지 싶기도 한 말과 행동도 많았는데, 당시 전혀 알아채지 못한 내가 바보같이 느껴지기도 했다. 사기를 당한 아이들에게 사기를 당한 건 잘못이 아니라고, 사기를 친 사람이 잘못한 거라고 말해왔는데, 막상 내가 당하고 보니 다 내 잘못 같았다. 그렇게 피폐해지면서도 제이를 의심하지 않았던 내 자신이 미웠다. 무엇보다 힘들었던 건 두려움이었다. 다른 아이들까지 못 믿는 사람이 될까 봐… 아니, 있는 모습 그대로 사랑하지 못하게 될까봐 두려웠다.

다행히 나는 잘 회복되고 있다. 무엇보다 지금 만나는 아이들을 있는 모습 그대로 사랑하고 있는 나를 느끼면서 괜찮아졌다. 15년 동안 제이는 단 한 명이었는데, 한 명의 사례 때문에 다른 아이들을 포기할 수 없어서일까. 나는 여전히 아이들의 말을 그대로 들어주고 믿어주며 살고 있다.

하지만 한 사람이 지나간 자리는 크다. 어둠을 주고 가면 더욱 공허하다. 그러나 어둠을 얘기할 시간이 없다. 아이들에게 주고 싶은 빛이 점점 희미해지고 있으니 빛을 좇는 데 집중해야 한다. 그래서 나는 다시 빛으로 가는 걸음에 열심을 낸다.

생각해본다. 내가 굳이 이 이야기를 기록하고 싶었던 이유는 뭘까. 내가 회복되면서 더욱 선명해지는 사실이 있기 때문이다. 앞서 말한 것처럼 제이는 한 명이었다. 앞으로 또 나를 속이는 아이가 생길 수 있지만 그 확률은 낮다.

그런데 모든 아이들이 제이 같을까봐 두려워하는 건 온당치 않다. 게다가 이제 난 내 잘못이 아니라는 걸 안다. 억울하지도 않다. 나는 적어도 내 믿음을 배신하지 않았으니까. 내 자신을 속이지는 않았으니까. 내 사랑은 진짜였다. 최선을 다해 사랑했는데, 속았으면 어쩔 수 없는 것이다. 내가 어쩔 수 있는 일이 아니었다.

지금 생각해보면 제이는 내 관심이 적어질 때마다 문제를 하나씩 꺼냈다. 처음엔 제이를 도우려고 거의 매일 만날 수밖에 없었다. 신고하고 거처를 구하고 치료받게 하는 일은 하루도 미룰 수 없는 일이고, 내야 할 서류도 준비해야 할 일도 많았다. 그런데 상황이 조금 안정되고 나니 제이에게만 집중할 수 없었다. 어쩔 수 없이 만나는 시간은 짧아지고, 간격은 넓어졌다. 하지만 제이는 자신에게만 관심을 가져주기를 원했다.

어떤 환경이 제이로 하여금 그토록 관심을 갈망하게 만들었을까. 생각하면 마음이 아리다.

나도 거짓말을 한 적이 있다.

새벽에 잠이 깨면 엄마가 없었다. 엄마는 새벽시장에서 장사를 하셨는데, 열이 많이 난 날 죽을 것 같아서 엄마에게 전화했다. 엄마는 장사를 팽개치고 내게 달려왔다. 나는 그게 좋았다. 엄마가 날 위해 달려온 것이. 그래서 악몽을 꾸고 깨어난 어느 새벽에 또 엄마에게 전화를 했다. 많이 아프다고.

나는 거짓말을 사실로 만들기 위해 주전자에 물을 끓였다. 뜨겁게 데운 물을 수건에 적셔서 얼굴에 댔다. 그러고도 성에 차지 않아 두꺼운 점퍼를 입고 난로 앞에 앉았다. 땀이 뻘뻘 났다. 엄마가 계단을 바삐 올라오는 소리가 들렸다. 얼른 이불 안으로 들어갔다. 엄마가 이마를 짚었을 때 거짓말을 들킬까 봐 가슴이 콩닥콩닥 뛰었다.

"어우, 열도 나고, 식은땀도 나네."

엄마는 얼른 약을 찾아서 보리차와 함께 주었다. 다시 나를 눕히고 수건을 찬물에 적셔서 내 몸을 닦아주었다. 차마 소리 내 웃지는 못했지만 내 마음은 함박웃음을 지었다. 행복했다.

하지만 그 이후로는 거짓말을 하지 않았다. 엄마가 날 사랑한다는 사실을 알아서였을까. 엄마가 너무 피곤해 보여서였을까. 둘 다였을지도 모르겠다. 그날 엄마는 너무 지쳐 보였고, 내가 괜찮아졌다고 하자 환한 웃음을 지어 보였다. 참 다행이네, 다행이다, 하면서.

청소년들을 위해 무수히 달려가면서 나는 그날의 엄마를 떠올린다. 내가 아무리 열심히 사랑해도 그날의 엄마 마음에는 닿지 못할 것 같다. 하지만 그래도 그 마음 언저리 정도는 가능하지 않을까. 겨우 그 정도라도 아이들을 괜찮게 했다면 좋겠다.

그리고 제이도 그랬으면 좋겠다. 적어도 거짓말이 거짓말이라는 걸 알고, 그럼에도 밤이나 낮이나 뛰어갔던 내가 진짜 자신을 사랑하고 믿었다는 걸 알았으면 좋겠다. 그렇게 자신을 사랑해준 사람이 있었다는 사실만으로도 그저 있는 모습 그대로 살아도 된다는 걸 알았으면 좋겠다. 굳이 거짓말하지 않아도, 굳이 아픔을 확대하지 않아도 충분히 사랑스러운 사람이란 걸 알았으면 좋겠다.

그런 날이 온다면, 아직 다시 만날 자신은 없지만, 말해주고 싶다. 참 다행이네, 다행이다,라고.

"그러니까 죽지 마!"

민희는 학교에서 폭력을 당했다. 물리적인 폭력은 아니었다. 정신으로 주먹이 들어오는 것 같았다고, 민희는 말했다. 아이들은 단톡방에 민희를 초대했다. 욕설과 협박을 퍼붓고 단톡방을 폭파했다. 복도를 걸어가면 어깨를 툭 쳤다. 민희를 보며 소곤대거나 째려보는 아이들도 있었다.

이유는 알 수 없었다.

굳이 이유를 찾아보자면, 민희와 친했던 아이가 지금 민희를 괴롭히는 아이를 싫어했다. 그 아이가 이 아이를 욕할 때 옆에 서 있던 적도 있었다. 아니, 민희가 서 있을 때 그 아이가 와서 이 아이의 욕을 했다. 그 아이는 결국 민희가 같이 욕하지 않는다는 이유로 민희를 떠났다. 그런데 왜 이 아이는 민희를 싫어할까. 민희는 알지 못했다. 견디다 못해 선생님께 가서 이 사실을 말했다. 선생님이 물었다.

"그래서 맞았니?"
"아뇨. 맞지는 않았어요."
"그럼 착한 네가 참아라."

민희는 더 이상 할 말이 없어 교무실을 나왔다. 괴롭히는 아이들도 이 사실을 아는 걸까. 괴롭힘이 반복되었지만 물리적인 폭력은 사용하지 않았다. 딱 거기까지, 미칠 만큼 반복할 뿐.

민희의 소원은 중학교 졸업이었다. 먼 학교로 지원해서 그 아이들을 마주칠 수 있는 이 동네를 떠나는 것. 하루의 길이는 점점 길어졌지만 마침내 졸업식은 왔다. 민희는 지원한 대로 먼 학교로 갈 수 있었다. 드디어 '행복'이라는 단어를 마음에 올려도 될 것 같았다. 그런데 하필 그때 정신이 무너졌다. 그동안 잘 견뎠다고 생각했던 정신이 한순간에, 아니 많은 순간이 쌓이고 쌓여 결국 쓰러져버렸다.

병원에 입원해서 치료를 받았다. 하지만 정신은 아프기 전으로 돌아가지 못했다. 퇴원한 후에도 자신도 모르게 자신을 해치고, 갑자기 호흡이 가빠지고, 갑자기 울었다. 갑자기 사람들이 있는 곳으로 가지 못하기도 하고, 버스 안에서도 누가 쳐다보는 것 같으면 갑자기 내렸다. '갑자기'를 반복해서 말하는 민희에게 내가 말했다.

"그거 '갑자기' 아니잖아. 사람들이 '갑자기'처럼 여긴다고 해도 넌 그러지 마. 너무 많이 아파서, 너무 많이 쌓여서 그런 거잖아. 너 알지? 여기까지 온 것도 그 시간을 견딘 것도 너무 대단한 건데, 너한테 너무 뭐라 그러지 마."

민희는 울었다. 얼마나 아팠을까. 상상해보는 것조차 미안했다. 감히 상상할 수도 없을 만큼 아팠을 텐데….

"밤에는 병원에 못 가니까 또 마음이 터질 것 같고 널 스스로 해칠 것 같으면 연락해."

민희는 고개를 끄덕였다. 그리고 시도 때도 없이 연락이 왔다. 그럴 때마다 내가 만나는 녀석이 한 명이면 좋았을 텐데 싶어진다. 정말 시도 때도 없이 들어주고 싶은데, 여러 명의 아이를 만나야 하니 그럴 수가 없다. 에너지의 한계점은 비교적 빨리 찾아왔다.

"민희야, 내가 평일은 새벽 두 시까지만 연락받고, 주말이나 공휴일에는 쉬어야 해서 안 받아. 잘 기억하고 지켜줘."

"네, 그럴게요. 죄송해요."

어쩔 수 없이 제한을 두면서도 미안한데, 잘못한 것도 없는 녀석이 사과하니 더욱 미안하다. 하지만 어쩔 수 없는 일에 마음을 두지 않기로 한다. 그래야 내가 살고, 그래야 더 많은 아이들의 이야기를 들어줄 수 있으니까.

민희는 그 이후 약속을 지키기 위해 애썼다. 하지만 정신이 무너지는 건 예약제가 아니다. 정말 괜찮다가도 어느 순간 폐허가 된다. 그러면 자신이 죽어야 할 것 같고, 앞으로 아무것도 못할 것 같아진다. 민희는 내가 말한 시간 이후에도, 주말에도 메시지를 보냈다. 이것도 한 명이면 괜찮을 텐데, 주말에 그런 녀석이 서너 명이 되는 날이면 내 정신도 너덜너덜해진다. 나는 또 어쩔 수 없이 규칙을 말한다.

-민희야, 주말에는 연락하지 않기로 했잖아. 평일에도 매번 새벽 2시 넘어서 연락하고, 주말에도 이러면 내가 너무 힘들어.

민희는 몇 시간 후에 답을 보냈다.

-쌤, 새벽 2시 넘어서도 주말에도 연락해도 받아주시고, 저를 위해 애쓰시는데, 저는 쌤 말도 안 듣고 죄송해요.

사과를 듣고 나니 또 미안해졌다. 일부러 그런 게 아니란 걸 알면서도 평일에 연락하라고 말해주고 말지, 뭘 또 내가 힘들단 말까지 했을까 싶었다.

-괜찮아. 지금은 좀 괜찮아?

-네. 그래도 오늘은 생각만 하고 시도는 안 했어요.

-그래, 잘했어. 너무 장해.

-죄송해요.

-그러니까 죽는다고 하지 마.

나는 이 답을 썼다가 지웠다. 죽는다고 말할 수는 있어야 한다는 생각이 들었다. 죽고 싶지 않다면 좋겠지만 죽고 싶은 마음이 든다면 그 마음을 말할 사람은 필요하다. 내가 힘들 때 힘들다고 말할 친구가 있어서 힘을 내는 것처럼, 죽고 싶은 마음을 말할 사람이 있어야 살 힘도 생겨날 테니까. 나는 답을 수정해서 보냈다.

-그러니까 죽지 마.

-ㅠㅠㅠ 안 죽을게요.

미안함과 고마움이 잔뜩 든 녀석의 답이 너무 고마워서 한참을 보고 있는데, 녀석이 또 사과했다.

-너무 죄송해요.

사과를 받아주지 않을까봐, 내가 정말 화났을까봐, 또 말할 사람이 없어질까봐 두려웠던 녀석의 마음이 내게 와닿았다.

-안 죽으면 됐어. 괜찮아.

-또 만날 수 있어요?

-그럼!

나는 바로 민희와 약속을 잡았다.

민희는 슬픔과 걱정을 가득 머금고 나타났다. 전에 만났을 때는 기억나지 않았지만 그 후에 새롭게 기억난 이야기를 들려주었다. 민희를 괴롭힌 행동은 너무 여러 가지여서 '괴롭힘'이라는 말로 정리할 수 없었다. 얼마나 많은 폭력을 당했으면 이제 다 털어놓은 것 같다는 마음을 비집고 또 꺼내놓지 않으면 죽을 것 같은 이야기들이 끊임없이 고개를 들까.

며칠 후 민희에게 메시지가 왔다.

-쌤, 저 요즘은 기분이 괜찮아요. 이상하게 괜찮아요.

-와, 나 만나고 가서 그런 거 같은데?

-헤헤, 그런가 봐요.

나의 너스레를 귀여움으로 화답한 민희는 그 이후로 지금까

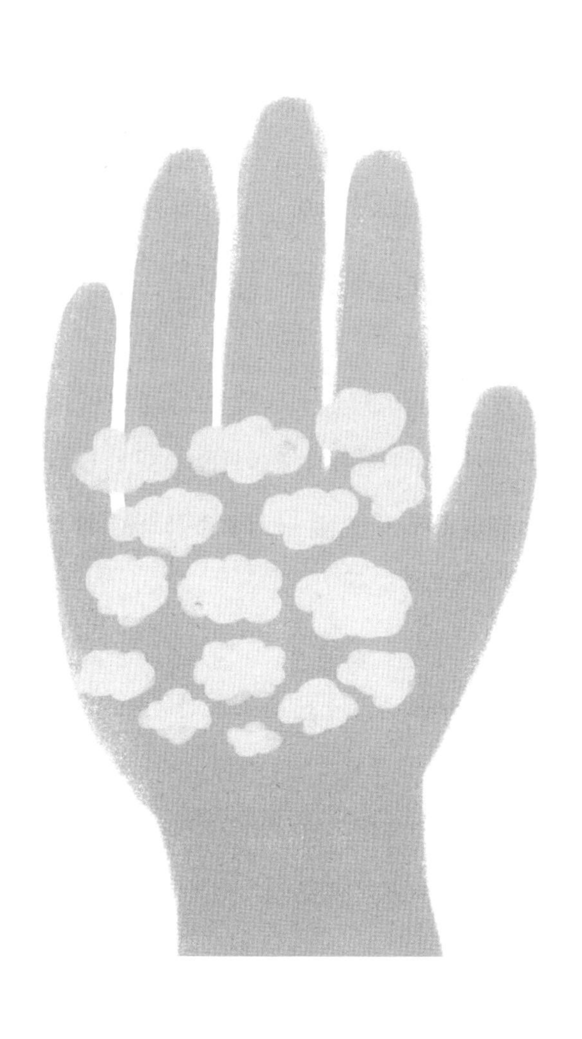

지 조용하다. 보름이 흘렀다. 어느 순간 또 무너져 연락이 올 수도 있지만 그때까지라도 웃을 민희를 생각하며 나도 웃는다. 그리고 언젠가 민희는 무너지지 않고 아픔을 말할 수 있으리라 믿는다. 처음 만났을 때 민희에게 물었다.

"널 괴롭힌 그 애들이 아프면 좋겠어?"
"아니요. 미안하면 좋겠어요."

왜 이렇게 맑은 걸까? 나 같으면 나보다 더 많이 아프길 원할 텐데, 고작 미안하길 원한다니…. 민희 말고도 참 많은 피해자들에게 이 말을 들었다. 다른 건 다 모르겠고 꼭 진심으로 미안하면 좋겠다는 말을.

"꼭 알게 될 거야. 얼마나 큰 잘못을 한 건지, 얼마나 네 마음을 많이 찌른 건지, 꼭 깨닫고 미안해할 거야."
민희는 말없이 고개를 끄덕였다.

같이 밥을 먹고 음료를 마시고 슬픔을 듣는다

-쌤, 너무 힘들어요. 기쁠 때도 연락하고 싶은데 슬플 때만 연락해서 죄송해요.

진이는 대뜸 이렇게 디엠을 보냈다.

-나는 그게 더 고마운데? 기쁠 땐 굳이 곁에 누가 없어도 서 있을 수 있지만 슬퍼서 서 있을 수조차 없을 땐 곁에 누가 있다는 것이 힘이 되잖아.

내가 이렇게 대답하니 진이는 지금 얼마나 슬픈지, 다시 또 얼마나 힘든지 얘기해주었다. 나는 공감하며 이야기를 듣다가 만날 수 있는 가장 빠른 날짜로 약속을 잡았다. 다이어리에 약속을 적고 나니 진이와 첫 만남이 떠올랐다.

작년 6월, 나는 진이가 다니는 학교로 강의하러 갔다. 살아주어 고마운 마음을 강의로 나누는 시간이었다. 강의를 잘 마치고 돌아왔는데, 다음 날 새벽에 진이가 디엠을 보냈다. 진이는 디엠을 통해 자신의 아픔이 왜 생겼고, 얼마나 유지되었고, 아직도 자신을 얼마나 괴롭히고 있는지 알려주었다. 그리고 강의 내용이 힘이 되었다며 고맙다는 인사를 덧붙였다. 그 이후 진이와 디엠을 주고받게 되었고, 만날 약속도 잡게 되었다. 차분하고 새초롬한 얼굴로 결코 차분할 수 없는 아픔을 조곤조곤 얘기하던 모습이 아직도 선하다.

진이는 중학생 때 따돌림을 당했다. 이유를 알 수 없었다. 말 한 번 섞어본 적 없는 한 무리가 진이를 싫어했다. 그냥 싫다는 이유만으로 사람을 그렇게 괴롭힐 수 있을까. 진이는 그때 보이지 않는 주먹도 있다는 걸 처음 알았다. 그 주먹들은 진이의 마음을 흠씬 두들겼다. 몸을 맞은 것이 아닌데도 여기저기 아팠다. 학교에 가면 무리가 다가와 둘러싸고 험담을 퍼붓고는 사라졌다. 견디다 못한 진이는 교사에게 말했다. 교사가 물었다.

"어딜 맞았니?"

"아니요. 어딜 맞은 건 없는데요."

"그럼 뭐가 문제니? 똑똑한 네가 참아라."

진이는 어렸을 때부터 똑똑하다는 소리를 곧잘 들었다. 성적도 항상 상위권이었다. 그런데 자신의 '똑똑함'이 폭력을 당해도 되는 이유가 될 줄은 몰랐다. 무리의 가해는 갈수록 지능적이고 교묘해졌다. 점점 견디는 것이 힘들었지만 그래도 시간은 갔다. 아주 느리지만 하루가 지났고, 하루가 지날 때마다 졸업이 가까워졌다. 졸업만이 목표가 되었고, 어떻게 그 시간을 지나왔는지 모르게 마침내 졸업을 했다. 학교는 이미 먼 곳으로 지원해두었고, 이제 그 무리를 보지 않아도 되었다. 드디어 진이는 숨을 제대로 쉴 수 있었다.

그런데 하필 그 시점에 그동안 쌓인 아픔이 아우성을 쳤다. 지하철을 타면 몇 정거장을 가지 못해서 내려야 했다. 사람들이 모두 자신을 쳐다보는 것 같았고, 숨이 차올랐다. 집으로 도망쳤다. 하지만 집도 마음이 안전한 장소는 아니었다. 누가 목을 조르는 것 같았고, 자해충동이 일었다. 손목을 긋고 피를 보면 그나마 숨을 정상적으로 쉬고 있는 느낌이 들었는데, 이내 자신이 너무 싫어졌다.

그 마음은 자살 시도로 이어졌다. 보호자의 눈에는 갑자기 일어난 일이었다. 진이가 아픔을 입 밖으로 내지 않았기에 보호자는 당황할 수밖에 없었다. 도대체 이게 무슨 일인지 도무지 이해할 수도 없고 믿을 수도 없는 상황이었다. 간신히 이 상황을 인지한 보호자의 입에서는 속상한 마음이 터져 나왔다.

"똑똑한 애가 왜…."

진이의 똑똑함은 또 진이의 발목을 잡았다. 결국 진이는 학교로 가지 못하고 병원으로 갔다. 병원에서 받은 병명은 우울 에피소드와 공황장애, 양극성장애였다. 약을 한 꾸러미 받아왔는데, 약 봉투에 적힌 글자 중에 '양극성장애'가 가장 이상했다고 했다.

"우울이나 공황은 들어봤는데, 양극성이라는 말은 처음이었거든요. 뭔가 내가 생각했던 것보다 더 큰 괴물이 내 안에 있는 것 같았어요. 거짓말 같았어요."

거짓말이기를 바라는 진이의 마음이 느껴졌다. 나 같아도 그랬을 것 같았다. 하지만 그 병은 진이의 마음을 아랑곳하지 않았다. 진이의 마음에서 아주 자유롭게 활동했다. 진이는 극한의 기쁨과 극한의 슬픔을 오간다. 기쁨이 극에 달할 땐 혼자서 모든 걸 할 수 있을 것 같고, 슬픔이 극에 달할 땐 혼자서는 아무것도 하지 못할 것 같다.

그래서 진이는 슬플 때만 연락한다. 슬플 때만 연락해서 미안하지만 슬플 때는 순식간에 자신이 사라져버릴 것 같아서, 죽고 싶을 만큼 힘들지만 그렇게 사라져버리는 건 싫어서 말을 건다. 무엇보다 자기 곁에 사람이 있다는 걸 확인하고 싶다. 그래서 나의 역할은 그저 '너의 곁에 사람이 있어'라는 걸 확인해주는 것이다.

이번에도 그랬다. 그저 같이 밥을 먹고, 음료를 마시고, 슬픔을 듣는다.

"쌤, 기쁜 소식과 슬픈 소식이 있어요. 뭐부터 들을래요?"

"기쁜 거."

"나, 처음 병원에 갔을 때 지능이 이상하게 낮게 나왔잖아요? 그런데 다시 좋아졌어요."

진이의 발목을 잡던 똑똑함이 잠시 사라졌던 시간이 있었다. 더 이상 발목을 잡히고 싶지 않았는지 지능지수 자체가 낮아졌고, 말도 어눌해지고, 계산도 느려졌다. 진이의 마음이 당한 폭력을 머리도 인식한 모양이다. 그런데 이번에 검사하니 예전만큼은 아니지만 지능지수가 다시 높아졌다고 했다.

"오~ 축하해. 기쁨이 다 사라지기 전에 슬픈 소식도 듣자. 뭐

야?"

"우울과 불안이 심해졌대요. 나는 처음에 내가 왜 양극성 장애야? 웃기네, 했거든요. 그런데 진짜 맞는 것 같아요. 약 봉투에서 그 글자를 봐도 하나도 안 이상해요, 이젠."

기쁜 소식을 전할 땐 웃지 않던 녀석이 슬픈 소식을 전하면서는 웃었다. 자신이 겪는 고통이 너무 어이가 없어서 터져 나오는 웃음은 통곡과 같다.

"쌤도 이제 내가 양극성장애인 거 알겠죠?"

웃음 끝에 진이가 물었다.

"아니, 모르겠어. 그건 의사 선생님이나 아는 거지 내가 어떻게 알아. 나에겐 그냥 넌 진이지. 다른 건 잘 모르겠어."

"나한테 쌤이 그냥 쌤인 것처럼?"

나는 고개를 끄덕였다. 진이는 조금 걷다가 서 있을 힘이 없어서 앉았고, 나는 진이 곁에 있고 싶어서 앉았다. 그리고 진이를 보며 떠들었다.

"너한테는 기쁨도 참 진하게 찾아오고 슬픔도 참 진하게 찾아온다. 그치? 네가 너무 좋은가봐. 그렇지만 나도 너 좋거든. 슬픔이랑 기쁨보다 내가 너랑 더 친해지겠어! 그럼 걔네들이 내 눈치 보느라고 너한테 지금처럼 너무 딱 달라붙지는 못하지 않겠어?"

진이는 피식 웃으며 다시 일어났다. 나도 일어났고, 우리는 느리게 다시 걸었다.

진이의 진단서에는 '불안'이란 글자가 덧붙여졌다. 그런데 나는 모르겠다. 몸의 장애가 사람을 대신할 수 없듯 마음의 장애도 사람을 가릴 수는 없다. 어떤 장애도 문제도 그 사람의 일부일 뿐 그 사람을 온전히 정의하는 단서가 될 수는 없지 않을까. 진이가 가진 병명이 늘어나거나 줄어들어도 그것들로 이렇게 빛나는 생명이 가려지지 않기를 간절히 바란다.

하지만 폭력은 사람을 가린다. 사람을 숨긴다. 숨을 앗아간다. 어떤 이유에서든, 어떤 감정에서든 폭력은 정당화될 수 없다. 가해에 서사란 존재하지 않는다. 그럴 수밖에 없었던 사정이란 없다. 부디 이 땅에서 일어나는 모든 가해가 사라지기를, 그리고 가해를 저지른 사람은 진심으로 뉘우치고 사과하고 사죄하기를 간절히 바란다.

거품이 조금 넘쳐도 괜찮잖아요

나는 자유로운 글쟁이다. 동시에 청소년과 밥 먹는 사람으로 살고 있는 개인 활동가다. 먼저 손을 내미는 청소년의 손을 잡다 보면 무엇보다 물리적 시간이 부족하다. 요즘은 코로나로 인해 집 밖으로 나오지 못했던 아픔들이 이제야 문을 열고 쏟아지는 통에 더욱 시간이 없다. 그래서 직업이 글쟁이임에도 원고 청탁이 올 때마다 볼멘소리를 한다.

"죄송해요. 정말 제가 시간이 너무 없어서요."

이 말이 누군가에게는 지각의 이유를 '늦게 온 버스'에게 돌리는 궁색한 변명처럼 들릴 것을 안다. 하지만 나에게는 그저 사실이기에 이 말밖에는 드릴 말이 없다. 그러나 4·16재단에서 온

청탁에는 그 말을 드릴 수 없었다. 청소년과 함께 살아가는 사람이 '4·16'이라는 단어에 어찌 잠시라도 멈추지 않을 수 있을까. 게다가 그 청탁 메시지는 나를 곧장 2014년 4월 23일로 데려갔다.

그날의 이야기를 꼭 쓰고 싶었다. 그래서 바로 수락하고 노트북 전원을 켰다. 그런데 한 녀석에게 연락이 와 뛰어나가야 했다. 그리고 마감이 코앞으로 다가온 지금에서야 다시 노트북을 열었다. 나도 모르게 한숨이 흘러나왔다. 어디서부터 써야 할까. 그래, 하루 전인 4월 22일로 가야겠다.

페이스북에 모집 공고가 올라왔다. 단원고 학부모 지원실에서 올린 공고였다.

〈세월호 장례 봉사자 모집〉
사망자로 확인된 안산 친구들의 장례식에 봉사자가
필요합니다. 우선 아래 전화로 연락하셔서 오전, 오후,
야간 중 봉사 가능한 날짜와 시간을 말씀해주세요. 그럼
접수하시고, 병원을 지정해서 다시 연락을 드릴 거예요.
병원은 안산의 병원 중에서 지정됩니다.
여기 접수 받으시는 분들도 많이 지쳐 있으시니 가능한

날짜와 시간과 인원만 말씀하시고 전화 끊고 기다려주세요.

혼자보다는 몇 명이라도 함께 신청하시면 좋습니다.

이 글을 바로 공유하고, 같이 갈 사람을 모집했다. 나는 4월 23일 오전, 안산 고려대학교 병원으로 배정을 받았다. 병원에서 만나자는 글을 23일 오전 7시 30분에 올리고 바로 출발했다. 그리고 9시쯤 같은 조로 배정받은 이들을 만나 함께 장례식장으로 갔다.

장례 도우미를 도와 일을 해달라는 부탁을 받았고, 음료를 정리하거나 상에 비닐을 깔거나 하는 일들이 주어졌다. 우리는 아무 소리도 내지 못하고 주어지는 일만 했다. 소리를 내지 말라고 한 사람은 없었다. 모두 암묵적으로 동의했을 뿐이다.

그렇게 적막한 장례식이 또 있을까. 유가족들은 영혼만 남은 것 같았고, 그 영혼조차 아무 힘이 없어 보였다. 그런 분위기에서 시답잖은 대화라는 걸 주고받을 수 있었을까. 그것조차 폐가 될 것 같았다. 울 수도 없었다. 울고 싶었으나 그조차 사치 같았다. 그날은 그랬다. 온몸으로 견뎌내며 간신히 참아내는 가족들 앞에서 운다는 것 자체가 죄스러웠다. 울 자격이라는 건 없겠지만 그날만은 있었다. 울 자격이 있는 사람들이 울지도 못하던 그날에 울 자격이 없는 우리가 운다는 건 상상도 못할 일이었다.

그저 모두 조용히, 가능한 소리 내지 않고 움직였다. 그렇게 몇 시간이 흘렀을까.

"내가 왜 상복을 입어? 누가 죽었다고 상복을 입어? 우리 애 돌아올 건데, 내가 왜… 왜 이걸 입어…."

한 어머니가 목놓아 울기 시작했다. 그러자 몇몇 가족이 기다리기라도 한 듯 하나둘 흐느끼기 시작했고, 이내 흐느낌은 가슴을 쥐어뜯는 울음으로 바뀌어갔다. 그들의 울음은 차라리 다행스럽게 느껴졌다. 울기라도 해주어서 고마워요, 하고 말하고 싶은 심정이었다.

울고 있는 어머니를 차마 볼 수가 없어 고개를 돌리니 한 아버지가 굳은 얼굴로 친구가 건넨 조의금을 거절하고 있었다.

"나, 이거 안 받아. 이거 받으면 내가 너한테 다시 갚아야 하는데, 넌 이럴 일 없을 거니까. 절대 다시 이런 일은 일어나지 않을 거니까. 내가 무슨 수를 써서라도 넌 이런 일 안 겪게 할 거니까. 나, 이거 안 받을 거야."

한사코 조의금을 마다하는 그를 보며 봉투를 건네던 친구가 울었다.

이렇게 그날을 생각하면 한 아이의 어머니와 아버지부터 그들의 가족, 지인 등 너무도 많은 이들의 얼굴이 떠오른다. 그 얼굴들을 다 기록한다면 허락된 모든 지면을 다 할애해도 모자랄 것이다. 사실은 그날을 다시 세세하게 기억하는 게 두렵기도 하다. 밤새 울다 몇 자 적지 못할 것만 같다. 해서 가장 선명히 떠오르는 얼굴 하나만 더 기록하고자 한다.

나는 청소년과 밥 먹는 사람이기에 청소년의 눈물을 말하고 싶다. 그날 본 청소년은 수학여행을 떠난 단원고 학생의 누나였다.

그녀는 아무 말 없이 냉장고로 다가와 사이다를 꺼내 제사용 주전자에 부으려 했다. 그 모습을 지켜보던 장례 도우미가 넌지시 말했다.

"거기는 사이다 말고 술 넣는 건데?"

"알아요. 그런데 제 동생은 아직 어려서 술 못 먹거든요."

목소리는 떨렸고, 금방이라도 울음이 터질 듯했다.

"아, 그러면 매실로 해."

"사이다로 하면 안 될까요? 동생이 사이다를 참 좋아했거든요."

"사이다는 거품이 넘쳐. 매실로 해."

분명히 무슨 말을 더 하고 싶은 표정이었지만, 그는 더는 대

꾸하지 않고 매실을 받아 주전자에 따랐다. 그리고 공손히 인사를 하고는 동생의 영정 앞으로 걸어갔다.

'거품이 조금 넘쳐도 괜찮잖아요.'

엿듣다가 목구멍까지 올라온 말이었다. 그런데 나는 왜 이 말을 하지 못했을까. 어른의 말을 잘 들어서 동생이 떠난 줄 알면서도, 혹시 부모를 욕 먹일까 공손한 모습을 보이며 떠나는 그 뒷모습이 안쓰러워 죽겠으면서도, 나는 왜 편을 들어주지 못했을까.

조용히 상을 차리며 엿보다가 망설이는 사이에 그 상황은 그렇게 끝나버리고 말았다. 그게 내내 미안했고, 지금도 그 생각을 하면 미안함이 차오른다.

청소년을 만나다 보니 그들의 보호자를 만날 일도 잦다. 보호자들은 그 장례 도우미와 같은 말을 많이 한다.

"이 학원은 꼭 가야 해요. 그래야 대학이라도 가죠."

"아이는 그걸 원하지만 이게 더 나아요. 그건 너무 후져서 안 돼요."

"아이가 잘 몰라서 그래요. 이게 더 맞아요."

이 말들은 모두 "사이다는 거품이 넘쳐서 안 돼. 매실로 해"

라는 말과 같다.

그럴 때마다 나는 말한다.

"거품이 조금 넘쳐도 괜찮잖아요. 아이가 사이다를 좋아한다고요."

그 학원을 가도 대학을 가리라는 보장은 없다. 아이가 원하는 것이 더 폼 나는 것일 수도 있다. 아이가 더욱 잘 알 수도 있다. 매실이 더 좋다는 건 어른의 편견이고, 주관적 판단일 뿐이다. 거품이 나지 않는 매실도 쏟을 수 있고, 매실음료라도 흔들면 거품이 날 수 있다. 어른 말을 잘 들어서 잘될 수도 있지만, 그날의 아이들은 어른 말을 잘 들어 영영 볼 수 없게 되었다.

장례 봉사가 끝나갈 즈음 슬픔이 복받쳐서 터져 나오는 울음소리가 들렸다.

"너 때문에 힘들다고 해서 미안해. 너만 없으면 행복하겠다고 했던 것도 미안해. 그냥 싸우고 화나서 한 말이야. 네가 이렇게 진짜 사라질 줄 알았다면 안 했을 거야. 미안해. 정말 미안해."

동생의 영정 앞에 주저앉은 누나의 뒷모습을 보며 나는 더 이상 눈물을 참아낼 수가 없었다. 그래서 울 자격도 없는 내가 울어버렸다. 거품이 나도 괜찮다고 말해주지 못해서 나는 괜찮지 않았다. 그리고 여전히 거품을 탓하는 어른들을 보며 아이들은 괜찮지 않다. 거품이 넘치면 닦으면 그만인데 말이다.

* 〈월간 십육일〉에 게재되었던 글입니다.

/ 4장 /

괜찮아요, 수정이들

어느새 또 사랑하게 된다

선물을 받았다.

선이는 몸이 아파 병원에 다니면서도 아르바이트를 했다. 그러던 어느 날 월급을 받았다며 선물과 편지를 내밀었다. 나는 녀석의 병이 걱정되어 고맙다는 말도 미처 못하고 잔소리를 늘어놓았다. 그리고 며칠을 병원에서 보냈다. 어쩌다가 두 명의 보호자 노릇을 하게 되었다. 병실과 응급실을 오가며 잠을 설치고 가슴 졸이며 며칠을 보냈다. 몸에 기운이 하나도 없고 정신은 몽롱했다. 패잔병처럼 집에 돌아왔다. 가족들과 밀린 이야기를 나누고 잠을 푹 자고 나니 집 나갔던 정신이 백 분의 일쯤 돌아왔다.

'아, 선이가 준 선물이 있었는데!'

그제야 떠올라 가방을 열어보니 선물과 편지가 받은 그대로 들어 있었다. 선물은 콜라겐 마스크 팩과 헤어 트리트먼트였다. 편지에는 어버이날 선물이라고 쓰여 있었다.

> 스승이라고 하기엔 오글거리고 어버이라고 하기엔 부모에 대한 반감 때문에 싫지만, 그래도 곧 어버이날이라 선물을 주고 싶었어요.

녀석은 5월이 싫다고 했다. 부모가 있지만 부모라고 하는 것도 화가 날 만큼 아픔과 고통만 준 사람들이기에. 5월에 교회에서 부모를 초청하는 행사가 있었는데 도대체 왜 그런 행사를 하는지 이해할 수 없었다고.

"5월은 가정의 달이라서 다른 달보다 더 기분이 안 좋았는데, 비록 병원이지만 쌤하고 함께 있어서 웃고 얘기하고 기뻤어요. 내가 태어나서 처음으로 기쁜 5월이네."

녀석은 응급실 침대에 누워 이렇게 말했다. 어린이날 밤이었다. 우연히 녀석의 앞 침대에 자살 시도를 한 청소년이 실려왔다. 나는 두 녀석을 번갈아 보며 간절히 바랐다.

'이 녀석들이 어린이였을 땐 이 날을 즐길 수 있었을까. 한 번

이라도 꼭 행복했던 어린이날이 있었다면 좋겠다.'

바라고 보니 이상했다. 미래를 소망하면 몰라도 과거를 소망해버린 것이. 이미 벌어졌고 바꿀 수 없는 과거인데, 갑자기 생겨난 이 간절함의 정체가 무엇인지 알 수 없었다.

녀석에게 받은 선물과 편지를 사진 찍어서 친구에게 보냈다.

-내 쉬키가 알바 해서 선물도 주고 편지도 줘서, 자랑하려고 보냄.

-오, 진짜 감동이야. 따뜻해지네.

-이 사랑은 이 맛에 하는 거야. 진짜 이젠 못하겠다 싶으면 이런 감동이 하나씩 생겨. 마약이야, 마약.

친구가 웃었다. 모르겠지만 알겠다는 듯이.

사랑은 참 어렵다. 힘들고 괴롭다. 연대는 더 어렵다. 타인의 고통이 건너와 내 마음을 사정없이 비트는 일이라 때론 살이 찢기는 것처럼 아프고, 때론 불이 떨어진 것처럼 뜨겁다. 하루에도 열두 번씩 그만두고 싶을 때도 있고, 진짜 '내가 미쳤지, 왜 이렇게 사나' 싶어 주저앉을 때도 많다. 그야말로 속이 썩는다.

그런데도 아직 이렇게 살고 있는 건 아이들이 주기별로 주는 이런 '마약' 때문이다. 바로 오늘 열어본 선물과 편지 같은 것들.

감동
감동
감동
감동 감동
감동
감동
감동 감동
감동
감동 감동

문득 고맙다고 말하는 아이의 눈빛 같은 것들. 매일 죽겠다던 녀석에게 처음으로 살아보겠다는 말을 들은 달콤한 밤 같은 날들. 작고 보잘것없어 보이지만 사실은 크고 깊은 마음에서 길어 올리는 말간 감동이 다시 나를 움직이게 한다.

결국 나는 오늘도 이 '마약'을 먹어버리고 말았다. 너무 힘이 들어 지금 만나는 녀석들만 살리고 나면 진짜 그만해야지 하다가 결국 또 계속하고 있는 나를 발견할 때면 여지없이 탓하게 되는 이 중독성 강한 약을… 또…

마약을 끊지 못하는 것이 복용하고 난 후의 행복감 때문이라면, 내가 복용하고 있는 '마약' 또한 그렇다. 물론 '마약'의 힘을 빌린다고 해도 이 사랑이 쉬워지는 건 아니다. 진짜 어려운데, 어려워 미치겠는데, 어쩌다 이렇게 받은 편지를 열 번씩 읽게 되고 "쌤이 우리 엄마 해주면 안 돼요?" 하는 말이 귓가에 맴돌다 보면 어느새 또 사랑하게 될 뿐이다.

-이제 쌤이 어린이날에 선물 줄게. 어렸을 때 못 받았으면 어때. 열여덟 살부터 받으면 어때. 이제 앞으로 계속 사랑받을 텐데.

나는 아직 감동이 가시지 않은 채 녀석에게 문자를 보냈다.

멋진 것은 삶으로 들어가기 힘들다

보육원 아이들과 놀기로 한 날이었다. 나는 왠지 '고아원'에서 순화된 '보육원'이라는 말도 싫어서 '내가 사랑하는 아이들의 집'이라고 부른다. 너무 주관적인 표현이라 글은 객관적 표현을 사용하려고 첫 문장을 이렇게 시작해놓았다. 하지만 마음이 고개를 떨군다. 그냥 '내가 사랑하는 아이들의 집'이라고 쓰겠다. 주관적 표현을 양해해주기 바란다.

내가 사랑하는 아이들의 집에 드나든 건 꽤 오래되었다. 처음에는 청소년 특강을 부탁받아 갔었는데, 다녀온 이후 한 녀석에게 페이스북 메신저를 통해 전화가 왔다.

"작가님! 또 올 거죠?"

그리고 전화가 끊겼다. 통신 상태가 좋지 않았던 모양이다. 그때 전화가 끊기지만 않았어도 내가 10년 가까이 드나들지는 못했을 거라고, 그때 전화가 끊기지 말았어야 했다고, 지금도 간혹 원장님과 농담을 하곤 한다.

나는 계속 가기로 했다. 하필 내가 그때 고민하고 있던 것이 '지속'이었다. 지속하지 않으면 의미가 없다는 생각이 들었다. 한 번 강의하고 내려오는 것은 꽤 멋진 일이었지만, 멋진 것은 삶으로 들어가기 힘들다. 멋지지 않아야 삶이 된다. 나와 밥을 먹는 아이들은 시간이 지나면 밥을 당연히 같이 먹는 식구가 된다. 그런데 강의하거나 행사로 만나는 녀석들에게는 그저 내가 '작가님'이다.

그게 싫었다. 혼자 으쓱할 수는 있으나 어깨동무할 수는 없는 자리, 외롭고 별로다. 그래서 한 달에 한 번은 계속 가기로 했다. 언제까지인지는 정하지 않기로 했다. 자신의 끝도 모르는 인간이 만남의 끝을 정하는 건 어리석게 느껴졌다. 할 수 있는 만큼, 진심이 움직일 때까지 하고 싶었다. 그리고 지금까지 할 수 있었던 건 함께 걷는 사람들이 늘어났기 때문이다.

처음에는 혼자 가다가 나중에는 나와 함께하는 스토리텔링 밴드 '오백송이'가 같이 갔다. 그리고 정말 많은 사람이 힘을 보태주었다. 멀리 가려면 같이 가라는 말처럼 '같이'가 아니면 '멀리'가 불가능하다는 걸 깨달은 시간이었다.

"이모, 우리 집 언제 와요?"

이제 내가 사랑하는 집의 아이들은 시도 때도 없이 묻는다. 아이들이 나를 부르는 호칭은 점차 이모로 바뀌었고, 계속 작가님이라고 부르는 아이들도 이모에게처럼 친근하게 대한다. 내 마음도 점점 식구가 되어갔다. 진심이었다. 하지만 그 마음이 온전하지 않다는 걸 한 녀석 덕분에 깨달았다.

내가 사랑하는 아이들의 집에서 놀기로 한 날이었다. 그날은 나도 잘 모르는 공연팀이 함께하기로 했고, 그런 날은 내가 스태프 역할부터 진행까지 담당해야 하기에 더욱 분주하다. 정신없이 이것저것 챙기고 있는데, 여덟 살 녀석이 내 바지를 잡고 졸졸 따라다녔다. 그 모습이 너무 귀여웠지만 귀여움에 집중해줄 시간이 없어서 부탁했다.

"민규야, 강당에서 공연 다 끝나고 나서 단체사진 찍을 건데 이모가 단체사진 찍고 나서 놀아줄게. 지금은 친구들이랑 같이 앉아 있으면 어떨까?"

"이모, 오늘 단체사진 찍어요? 이모도 같이 찍어요?"

"그럼! 이모도 같이 찍지."

"그럼 단체사진 아닌데?"

"무슨 사진인데?"

"가족사진이요!! 이모는 우리 집 가족이잖아요."

나는 멈췄다. 순간 무엇엔가 찔린 사람처럼 놀라서 말을 잃어버렸다. 빨리 행사를 준비하려던 급한 마음과 녀석을 떼어놓고 편하게 준비하려던 약은 마음을 얼른 숨겼다. 그런데 미처 숨기지 못한 마음이 나를 물끄러미 바라보았다. 그 마음이 물었다.

'식구라며? 단체였던 거야? 가족이라며? 말뿐이었던 거야?'

살면서 어떤 순간이 가장 부끄러웠을까? 내가 좋아하던 남자애 앞에서 넘어졌을 때? 넘어졌는데 내가 좋아하던 남자애가 일으켜줬을 때?

덜렁대는 성격으로 인해 부끄러운 순간은 볕 좋은 날 더 잘 보이는 미세먼지만큼 그득하지만, 이번 부끄러움은 한번 웃고 넘길 수 있는 그간의 부끄러움과 결이 달랐다. 무겁고 아팠으며, 깨닫고 미안했다. 나는 무심코 흘러내린 눈물 한줄기를 훔치며 웃었다. 녀석은 여전히 내 바지를 잡고 나를 올려다보고 있었다.

"그러네, 민규 말이 맞네. 이모가 바보네. 이모는 그것도 몰랐어. 이모랑 같이 준비할까?"

녀석은 웃으며 고개를 끄덕였다. 다리에 매달린 녀석은 한참을 따라다니다가 친구들이 내려오자 같이 자리에 앉았다. 이럴 때 보면 나도 여느 어른과 다를 바 없다. 청소년과 밥 먹는 사람으로 살면서 나는 꼰대가 되지 않을 거야, 앙당그리고 있었을 뿐이다. 번번이 여느 어른과 같은 나를 발견한다.

이번에도 그랬다. 급했다. 아이들의 속도를 기다리면 된다고 강의하면서도 기다리지 못했다. 어련히 앉을 시간이 되면 앉을 녀석인데, 내가 조금 불편하다는 이유로 녀석을 기다리지 못하고 떼놓으려 했다. 또 부끄러워졌다.

그날 공연이 끝난 후에 말했다.

"우리, 가족사진 찍자."

민규가 눈을 찡긋거렸다. 나였다면 내가 가르쳐준 거라고 허세를 부렸을 텐데, 녀석은 우리가 이제 같은 생각이라서 좋다는 신호만 보냈다. 이것이 아이의 방식이다. 흉내 내고 싶지만 흉내 낼 수 없는, 아이들만의 순수한 소통법이다.

우리가족

나는 내가 누굴 돕는다고 해서 위에서 아래로 흐르는 사랑이라고 생각하지 않는다. 인간 위에 있는 건 신뿐인데, 그 신도 인간에게 권위를 내세우기보다 더불어 살아가는 걸 더 좋아한다고 믿는다. 하물며 인간과 인간이 어찌 아래와 위를 나눌 수 있겠나.

-불우한 청소년들을 만나는 분인가봐요.

이런 댓글에 울컥해서 "청소년을 만나는 사람이지만 제가 만나는 청소년들이 불우하진 않습니다"라고 답글을 달 만큼, 나는 내가 위에서 아래로 손을 내미는 것이 아니라 그저 나란히 손잡고 걷는 것이라고 생각한다. 그럼에도 어느 순간 어떤 시간에는 내가 위에 있는 것처럼 착각하고, 위에서 아래로 손을 내밀어준 것이라 생각했던 모양이다. 이렇게 사랑스러운 아이들을 그저 내가 돕는 단체로 생각했나보다.

바로 어딘가에 숨고 싶을 만큼 부끄러웠다. 그리고 어느 순간과 어떤 시간이 다시 생기지 않길 바라며, 내가 사랑하는 아이들의 집에 갈 때마다 그 부끄러움을 떠올린다.

"이모 왔지롱!"

내가 뭐라고, 이 한마디에 달려 나와 다리와 팔에 매달려 "이모, 이모!" 부르며 깔깔대는 녀석들과 눈 마주치기 위해, 눈 마주치며 당당하기 위해, 수없이 떠올린다.

며칠 전 내가 사랑하는 아이들의 집에서 같이 놀 때 한 녀석이 물었다.

"이모, 이모는 엄마 있어요?"

"아, 이모는 엄마 없는데. 시우랑 똑같네."

"하하하, 이모도 똑같네."

"이모랑 똑같으니까 엄청 좋지이?"

"네!"

"근데 엄마 없어도 이모는 있을 수 있죠? 우리 반 친구가 내가 이모 있다니까 엄마 없는데 이모가 어떻게 있냐고 뭐라 그랬어요."

"에이, 친구가 잘 모르나 보다. 엄마 없어도 이모 있을 수 있는데!"

"그죠?"

"그럼!"

녀석을 품에 안고 같이 깔깔대며 떠올렸다. 가족의 의미, 식구의 의미, '같이'의 가치. 이 맑은 아이들이 내게 가르쳐준 것이 너무나 많다. 끊임없이 부끄럽겠지만 끊김 없이 사랑하고 싶다.

이렇게, 계속, 같이.

오늘도 나는 그 우주를 향해 걸어간다

간혹 모든 것을 가진 아이를 만난다. 모든 것을 가졌다고 생각하는 아이라고 하는 것이 좀 더 정확한 표현인지도 모르겠다. 그 아이가 물었다.

-친구가 알려줘서 알게 됐어요. 상담비가 얼마예요?
-우연히 책을 읽게 되었는데, 저도 상담 가능해요? 얼마 드리면 돼요?

나는 이런 질문이 참 슬프다. 돈이 없는 친구는 돈으로 해결할 수 있는 일을 해결하지 못해 안타깝고, 돈이 있는 친구는 돈으로 다 해결할 수 있다고 믿어서 안타깝다.

-청소년은 다 무료야.

-왜요? 나는 돈 있는데.

이렇게 나의 규칙을 말하면 규칙도 돈으로 바꿀 수 있지 않냐고 묻는다. 하지만 난 굳건하다. 돈 같은 것으로 내 가치관을 바꿀 생각이 없다.

-네가 돈이 있는지 없는지는 나한테 중요하지 않아. 청소년에겐 돈을 받지 않는다는 생각은 변하지 않을 거야. 그래야 돈이 없는 친구들도 돈 때문에 이야기를 못하는 일이 생기지 않으니까. 그리고 돈이 있으면 모든 걸 다 할 수 있다는 생각에도 브레이크를 걸고 싶어.

-좀 이상해요.

-그런 소리 많이 듣는데, 난 그냥 청소년은 그 청소년 한 사람으로 보고 싶어. 네가 어떤 조건에 있든 어떤 상황에 있든, 돈이 많든 적든 그건 관심이 없어. 그저 마음이 아픈 건지, 무슨 이야기가 하고 싶어서 이렇게 디엠을 보낸 건지, 그게 궁금해.

-와, 진짜 이상한데, 개좋아요

이 녀석 덕분에 또 하나의 꿈이 생겼다. 계속 이상하고 싶어졌다. '계속 이상하지만 좋은 사람'이거나 '좋은 사람이지만 이상하기도 한 사람'이라면 좋겠다.

간혹 모든 것을 가지지 못한 아이를 만난다. 아무것도 가지지 못했다고 생각하는 아이라고 하는 것이 조금 더 정확한 표현인지도 모르겠다. 간혹 그런 아이를 만난다. 며칠 전에도 그랬다. 대뜸 메시지를 보내 친구 관계를 상담했다. 그리고 상담이 마무리될 때쯤 물었다.

-저, 또 상담해도 돼요?

-그럼!

-그럼 상담료는 기프티콘으로 드려도 돼요?

나는 웃음이 터졌다.

'너 왜 이렇게 귀여운 거니?'

마음이 물었다.

'청소년이잖아.'

마음이 답했다. 나는 마음을 끄덕이며 녀석에게 말했다.

-안 줘도 돼. 청소년은 무료야.

-오, 정말요?

-응, 꼭 주고 싶으면, 나중에 성인 되고 일해서 돈 벌어서 내가 만나는 아이들에게 치킨이나 마라탕 사줘. 그때까지도 내가 청소년과 밥 먹는 사람으로 살고 있다면.

-오, 콜이죠!

녀석은 흔쾌히 그 제안을 받아들이고는 매주 한두 번씩 고민을 들고 나를 찾아온다.

아이가 많은 것을 가졌든 가지지 못했든 이런 것은 내게 문제가 되지 않는다. 학력도, 재력도, 환경도, 구조도 내 시선 안에 오래 머물지 못한다. 그저 한 아이가 오면 한 아이로 만난다.

이게 내가 구조 안으로 들어가지 않고 거리에 남아 있는 이유이며, 아이들이 나를 거리낌 없이 찾아오는 이유이기도 하다. 그리고 '청소년이라는 우주'가 내 눈에 어떤 별보다 찬란하게 빛나는 이유다. 아이는 아이다. 어느 별에서 왔든 내게 오면 그 한 아이는 소중한 생명이자 찬란한 우주다.

오늘도 나는 그 우주를 향해 걸어간다. 혹시 아직 그 우주를 만나지 못했다면, 청소년을 향한 시선에 붙어 있는 편견이나 조건, 고정관념 같은 것을 모두 떼달라고 부탁하고 싶다. 그것은 아이에게 붙어 있는 것이 아니라 우리 시선에 붙어 있는 것이니까.

그것들을 다 떼어내고 아이를 보면 분명히 보일 것이다. 아이를 아이로 만나는 지점, 바로 거기가 그 우주의 입구라는 걸.

아픔도 지나가고 나면 꿈처럼 아득하다

"작가님은 아이들을 만나고 그 내용을 글로 쓰면서 글을 더 수려하게 만들기 위해 아이들에게 있었던 일을 지어내고 싶거나 꾸며내고 싶은 적은 없으세요?"

어느 기자가 물었다. 무례하다고 생각했다. 인터뷰 요청을 받은 적도 없는데 도서전 행사에 와서 불쑥 던진 질문이었다. 그렇게 생각할 수도 있다는 걸 몰랐는데, 그렇게 생각하고 말할 수 있다는 것이 놀라웠다.

"글쟁이니까 글을 잘 쓰고 싶기는 해요. 구성이나 문장을 고민하기도 하고요. 아이를 특정해서 누군지 알게 되면 안 되니까 두세 사례를 섞어서 서술할 때도 있긴 하고요. 하지만 없던 일을 있던 일로 지어내거나 꾸미진 않아요. 현장에서 만나는 아이들 일은 부풀릴 수가 없어요. 사실 그대로만 말해도 아무도 믿지 않을 것 같고, 고통을 기록하는 일이 고통일 때도 많아요. 생각하시는 것보다 훨씬 아이들이 아파요. 그래서 축소하고 싶지, 확대할 수는 없어요. 있었던 일을 없던 일로 해줄 수 있다면 얼마든지 해주고 싶은데, 없었던 일을 어떻게 있던 일이라고 하겠어요? 고통마저 지어내고 싶지는 않습니다. 소설은 픽션이니 인물이나 이야기를 지어낼 수 있지만 아이들과 만나는 현장을 기록하는 논픽션은 그렇게 쓸 수 없죠. 얘기하다 보니 아이들에게 일어나는 일이 픽션이면 좋겠네요. 누가 지어낸 이야기라면 좋겠어요. 정말…."

가끔 대답하며 알게 된다. 내 마음에 이런 것이 있었구나, 하며 깨닫게 된다. 그래서 질문을 받는 것은 꽤 유익한 일이라고 생각한다. 간혹 그 질문에 무례함이 담겼더라도 솔직함으로 읽으려 노력한다.

그 이유는 그저 아이들 때문일 때가 많다. 내가 만나는 아이들이 들을 거라고 생각하면 나에겐 애초에 없었던 온유함이 불쑥 나타나 곁에 선다. 아이들과 함께 이동할 때가 많아서 실제로 청소년이 옆에 있는 경우도 많다. 아이가 듣고 있으면, 얼굴을 붉히면서 뒤죽박죽 튀어나왔을 단어들이 스스로 차례를 지키고 거리두기를 하며 나온다.

청소년을 만나지 않았다면 나는 얼마나 고약한 사람이 되었을까? 자주 생각한다.

그 질문을 들었던 날도 옆에 내가 참 사랑하는 녀석이 있었다. 질문을 듣고 나보다 먼저 얼굴을 붉히는 녀석에게 애써 웃음을 짓고 텔레파시를 보냈다.

'화내지 마. 나 괜찮아.'

녀석은 텔레파시를 받아서 얼굴의 온도를 낮추는 데 사용했다. 그리고 내가 담담히 이야기를 이어가는 걸 보고는 낮은 숨을 내쉬었다. 그 모습이 귀여워 웃음이 났다. 녀석 덕분에 몇 사람을 더 응대하고, 사인회도 진행하고, 행사를 잘 마쳤다.

"밥 먹으러 가자."

밥이라면 헤벌쭉 웃는 녀석이 웬일로 입술을 삐죽 내밀며 말

했다.

"흥! 진심이 뭔지도 모르는 사람이었어요."

나는 무슨 말인지 몰라서 되물었다.

"무슨 말이야?"

"아까 그 질문이요! 진심이 뭔지도 모르는 질문이었어."

나는 그제야 이해했다.

"너는 알고?"

"그럼요!"

"그래서 쌤 진심을 그렇게 잘 알아서 계속 사고를 치시고?"

"아, 진짜!"

"헤헤, 농담이야. 고마워. 감동이다, 그 말. 아, 쌤, 눈물 날 뻔. 봐봐, 눈 뻘겋지?"

"치!"

나는 귀엽게 삐친 녀석의 손을 잡았다. 그때, 날 부르는 소리가 들렸다.

"쌔엠!"

뒤를 돌아보니 수인이었다. 열일곱에 날 찾아와서 지금은 스물셋이 된 녀석이다.

"와, 이게 누구야. 서울 올 일 있었어?"

"쌤 보러 왔죠."

너석의 웃음에 생뚱맞게도 너석의 울음이 떠올랐다. 이 슬픔도 아픔도 정말 지나가는 게 맞냐고 물으며 엉엉 울던 그 마음이 이렇게 잘 자랐구나. 겁을 잔뜩 머금었던 그 눈동자가 이렇게 웃는구나. 나는 갑자기 튀어나온 감동을 꼭 안고 말했다.

"그럼 우리 같이 저녁 먹으러 가자. 수인아, 여기는 너보다 네 살 동생 서주. 서주야, 여기는 수인 언니!"

서로 어색하게 인사를 나누고 우리는 밥을 먹으러 갔다. 모두 배가 고파서 허겁지겁 식사를 마치고 카페로 이동했다.

"우리 서주도 나중에 우리 수인이처럼 자기를 해치지 않고, 밝아지면 좋겠다."

서주가 당황한 표정으로 물었다.

"언니도 그랬어요? 안 믿겨요."

수인이가 손에 있는 흉터를 보여주며 말했다.

"응, 여기!"

서주는 꽤 놀란 눈치였다.

아픔을 곁에서 보았는데도 그 아픔이 지나가고 나면 꿈처럼 아득하게 느껴진다. 그것이 지금 아이들을 만나는 나의 희망이다. 지나가지 않을 줄 알았는데 지나갔다는 것. 지나가지 않을 것 같다는 아이들의 말을 공감하면서도 지나갈 것을 믿게 된다.

수인이처럼 서주의 고통도 지나간다는 것. 아픔이 다 사라지지는 않더라도 옅어진다는 것. 그것이 다시 살아낼 수 있는 이유가 된다는 것. 이것만큼 확실한 희망이 또 있을까.

"아니, 쌤. 제가 유치원 선생님이 되고 싶다고 했는데, 어떤 어른이 이 흉터를 막 뭐라 하는 거예요. 이거 유치원생 교육에 안 좋을 거라고."

"유치원생들은 모를 텐데? 오히려 새싹 그렸냐고 할 거 같은데?"

"그러니까요. 저번에 베이비시터 알바할 때 만났던 꼬맹이가 우연히 보고는 예쁜 그림이라고 했거든요."

"그래, 아이들 눈에는 그럴 거야. 그러니까 그런 말 신경 쓰지 말고 열심히 해봐. 너, 아이들 진짜 좋아하잖아."

"네, 그러려고요."

수인이와 내 이야기를 듣고만 있던 서주가 나지막이 말했다.

"언니, 그거 진짜 예뻐요."

"헤헤, 고마워."

수인이의 웃음은 나와 서주에게 번져 우리가 함께한 시간 내내 햇볕을 선물했다. 따뜻하고 찬란했다.

서주는 진심이 뭔지 안다고 했다. 부럽다. 사실 나도 진심이 뭔지 잘 모를 때가 많으니까. 하지만 지식에 비추어 판단하는 행위를 멈추면 그 진심이 희미하게 보일 때가 있다. 그것이 어떤 상처라는 걸 알면 상처로만 판단하지만, 상처인 걸 모르면 새싹이 되기도 하고 그림이 되기도 한다.

'그 상처'는 청소년이라는 우주의 '빌런'일지도 모르지만, '새싹'과 '예쁜 그림'은 그 우주를 더욱 자라게 하고 더 빛나게 하는 조력자가 된다. 빌런이 조력자일 수도 있다는 것은 빌런을 빌런이라고 판단하지 않을 때 발견할 수 있는 진심이다.

괜찮아요, 수정이들

난 아프다는 말을 하지 않는 아이였다. 아빠는 술을 마시느라 바빠서 아프다고 말했다가는 혼날 것 같아 무서웠다. 엄마는 장사하느라 바빠서 아프다고 말하면 일거리 하나를 더 얹어주는 것 같아 미안했다. 아픈 것은 잘못 같아서 숨겼고, 울면 나약한 사람이 되는 것 같아 참았다. 웬만하면 잘 참았는데, 참고 참다가 결국 들통이 날 때도 있었다.

한번은 내 옆에서 잠든 엄마가 몸을 돌리다가 깜짝 놀라 잠에서 깼다. 내 몸에 열이 난다는 걸 느낀 것이다. 엄마는 내 이마를 짚더니 놀란 토끼 눈이 되었다. 작은 체구의 엄마는 무슨 힘이 어디서 났는지 나를 업고 뛰었다. 나는 온몸에 기운이 하나도 없고 정신이 흐릿했는데, 엄마한테 미안한 마음만은 선명했다.

"열이 이렇게 높은데, 참은 거야?"

의사는 놀라서 물었고, 나는 힘없이 고개를 끄덕였다.

"아이고, 조금만 늦었으면 큰일 날 뻔했어요."

의사가 엄마에게 말했다.

의사의 말이 미웠다. 굳이 큰일이 나지도 않았는데 큰일이 날 뻔했다는 얘기는 왜 하는 걸까? 울음을 참는 것이 습관이 된 엄마의 눈시울이 붉어졌다. 내가 다시 울음을 참을 차례였다. 그때 내 울음이 터지면 엄마의 가슴이 찢어질 테니까, 나는 울음을 참는 것으로 엄마를 지켜냈다고 생각했다.

요즘 나는 가끔 그날의 꿈을 꾼다. 꿈에서 나는 나에게 다가간다. 해주고 싶은 말이 있어서다.

"아픈 건 잘못이 아니야. 울고 싶을 땐 맘껏 울어도 돼."

지금 내가 청소년들에게 해주는 말을 그때의 나에게도 해주고 싶어서 서둘러 다가간다. 그러나 꿈은 기회를 주지 않는다. 늘 나의 등에 손이 닿기 직전에 꿈에서 깨버린다.

하지만 나는 그 말을 꼭 해주고 싶어서 또 그 꿈을 기다린다.

밤이나 새벽, 시간에 관계 없이 아이들에게 아프다는 연락을 받곤 한다. 뛰어갈 수 있는 거리도 있지만 너무 먼 거리에 있는 아이들이 대부분이다. 택시를 불러 응급실에 보내기도 하고, 위급한 상황이면 119에 전화를 걸기도 한다. 대개는 아침까지 수시로 연락하다가 병원문이 열렸을 때 병원에 보낸다.

치료를 받고 나아지면 아이들은 서로 약속이라도 한 듯이 꼭 같은 말을 한다.

"쌤, 나 때문에 놀랐죠? 죄송해요."

"쌤, 또 아파서 미안해요."

그러면 나는 어릴 적 나에게 해주지 못한 말을 건넨다.

"아픈 건 잘못이 아니야."

"괜찮아. 울고 싶을 땐 맘껏 울어도 되는 거야."

그제야 아이들은 참았던 눈물을 터트린다. 그럼 나도 같이 울어버릴 때가 많다. 조바심 내며 걱정했던 마음이 그제야 털썩 주저앉아 숨을 몰아쉬는 것이다.

가끔 나는 지금의 아이들을 만나는 것이 아니라 이전의 나를 만나 사과를 건네고 있는 것일까, 생각한다. 이전의 나에게 해주지 못했던 말을 지금 아이들에게 해주면서 대리만족을 느끼는 것일까, 생각하기도 한다.

그럴 때도 분명히 있는 것 같다. 그런데 그것보다 지금의 아이들이 나처럼 후회하며 자라지 않기를 바라는 마음이 크다. 잘 자라서 꿈에서조차 위로받지 못하는 일이 없기를 간절히 바란다. 그래서 아프다고 말해주면 그렇게 예쁠 수가 없다. 그렇게 고마울 수가 없다.

그런데 모든 아이들이 아프다고 말할 수 있는 건 아니다. 어린 시절의 나처럼 아프다고 말하는 것이 어려운 아이도 있고, 오랫동안 폭력에 노출되어 어느 정도 아픈 것은 아프다고 느끼지 못하는 아이도 있다.

전자의 아이를 만나면 나도 그런 사람이었는데 후회한다고 말해준다. 아프다고 말하고 위로와 돌봄을 받을 수 있어야 한다고, 그것은 미안한 게 아니고 당연한 거라고 덧붙이기도 한다. 후자의 아이를 만나면 아프면 아프다고 말할 수 있어야 한다고, 덜 아프다고 아프지 않은 게 아니니 꼭 말해달라고 당부한다.

아이들은 고개를 끄덕이거나 "네" 하고 대답하지만 그 말을 삶으로 옮겨놓기는 쉽지 않은 모양이다. 삶을 말로 옮겨놓는 일은 쉽지만 말을 삶으로 옮기는 건 생각보다 어려운 법이니까.

수정이는 후자의 아이였다. 나는 그 녀석의 연락처를 저장하고 이름을 이렇게 적었다.

'괜찮아요, 수정.'

수정이는 "괜찮아요"라는 말을 입에 달고 살았다. 넘어져서 무릎이 까져도 "괜찮아요", 교통사고로 다리가 부러져도 "괜찮아요", 독감에 걸려도 "괜찮아요."

녀석이 아플 때 "아프지?" 물으면 매번 "괜찮아요" 하고 웃었다. 그 웃음이 얼마나 처연하고 슬픈지… 마음 깊은 곳 어딘가에 눈물이 뚝뚝 떨어지는데, 그것을 애써 외면하는 느낌이었다. 한번은 그 모습을 보다 못해 화를 내기도 했다.

"넌 이 녀석아, 뭐가 그렇게 맨날 괜찮아요, 괜찮아요… 좀 아프면 아프다, 힘들면 힘들다, 그렇게 말 좀 해. 계속 괜찮을 거면 쌤은 왜 만나?"

"난 진짜 괜찮은데…."

녀석은 씩 웃었다. 그 모습에 내가 항복했다. 괜찮다고 말하는 모습까지도 수정이니까. 우선 그 모습을 수용하는 게 옳다는 생각이 들었다. 그리고 연락처 이름을 바꾼 것이다. '괜찮아요, 수정'이라고.

그 이후로도 가끔 "이제는 좀 아프다고 말해도 되는데!"라고 핀잔을 주기는 했어도, 가능하면 '괜찮아요, 수정' 그 모습 그대로를 수용하려고 노력했다. 그렇게 마음을 먹고 나니 오히려 우리는 웃을 일이 더 많아졌다.

그런데 한번은 녀석이 나를 크게 울렸다. 내가 걷다가 넘어져서 무릎을 살짝 긁혔는데, 갑자기 녀석이 내 무릎을 잡고는 놀라서 물었다.

"쌤! 괜찮아요?"

녀석 얼굴에 걱정이 그렁그렁했다. 자기는 더 크게 아픈 것도 다 괜찮아요, 하면서 나는 자기가 아픈 것의 십만 분의 일도 안 아팠는데, 녀석의 얼굴은 마치 교통사고 났다는 연락을 받고 정신없이 뛰어온 보호자 같았다.

"너는 다 괜찮다고 하면서 뭐 이 정도 가지고 그런 얼굴을 하고 그래?"

"아프겠다. 아프죠? 그러니까 넘어지지 마요."

그 예쁨에 하마터면 빠질 뻔했다. 사람들은 내가 청소년을 사랑하는 사람이라고 알고 있지만 사실 나는 청소년들의 사랑

을 받는 사람이다. 사랑받을 때가 훨씬 더 많다. 내가 청소년들을 만나지 않았다면 이런 사랑을 어디 가서 받을 수 있을까? 이런 물음을 자주 떠올릴 만큼 받는 사랑에 뭉클해질 때가 많다.

나는 지금도 아프다는 말을 잘 하지 못한다. 상담사가 아프다고 말하는 것을 숙제로 내주었을 때 몇 번 시도해보았지만 쉽지 않았다. 내 가족에게, 가족 같은 친구들에게, 가족만큼 소중한 청소년 쉬키들에게 걱정을 끼치고 싶지 않았다.

하지만 아프다는 말을 할 수 있는 사람이 되려고 노력한다. 내가 사랑하는 사람들은 내가 아플 때 말해주기를 원하고, 병원에 같이 가기를 원하고, 걱정해주고 싶어 한다는 걸 알고 있으니까. 그리고 아픈 게 잘못이 아니라는 것도, 강한 사람은 눈물을 흘리지 않는 사람이 아니라 울고 싶을 때 울 수 있는 사람이라는 것도 알고 있으니까.

수정이는 이제 내 연락처에 '괜찮아요, 수정'이 아니다. 어느 날 밤 수정이가 내게 전화를 걸어 말했다.

"쌤, 나 열나요. 아파요."

그 말에 기뻤다. 애가 아프다는데 기뻐하다니, 이상하다고 생각할지 모르지만 나는 정말 기뻤다. 수정이가 아프다고 처음으로 말을 했으니까. 말이 느려 걱정됐던 아이의 입에서 처음으로 말이 터져 나온 것을 목격한 보호자처럼 기뻤다.

나는 수정이가 병원에서 진료받고 나왔을 때 말했다. 아프다고 말해주어 정말 고맙다고.

수정이는 이제 아프다는 말을 할 줄 아는 아이다. 그렇다고 '괜찮아요'가 아예 없어진 것은 아니다. 내가 지금도 아프다는 말이 어려운 것처럼 수정이는 아직도 '괜찮아요'가 더 익숙하다.

그러나 수정이는 알고 있다. 아픈 게 잘못이 아니라는 것. 울고 싶을 땐 울어도 된다는 것. 아프다고 말할 사람이 있다는 건 정말 행복한 일이라는 것.

나는 지금도 여러 명의 수정이를 만난다. 그 녀석들은 모르지만 나는 그 녀석들의 별명을 지었다. '괜찮아요, 수정이들'이라고. 나는 녀석들의 그 모습 그대로를 수용하며 꿈꾼다. 수정이처럼 아프다고 말해줄 날이 오기를.

그리고 나는 오랜만에 기다리던 꿈을 만났다. 어제 꿈에 그때의 내가 나왔다. 또 다가가다가 깨겠지, 하고 생각하면서도 다시 시도해보고 싶었다. 나는 성큼성큼 나에게 다가갔다. 이상했다. 내 등에 손이 닿았는데 여전히 꿈이었다. 그래서 처음으로 말해주려고 했는데, 어린 내가 선수를 쳤다. 이미 울고 있었다. 울면서 말했다.

"나, 알아. 아픈 건 잘못 아니잖아. 그러니까 이제 울고 싶으면 울 거야."

지금의 나는 기뻐서 울었다.

"모를 줄 알고 얼마나 걱정했는데. 다행이다, 이미 알고 있어서."

나는 이렇게 말하다가 잠에서 깼다.

그리고 갑자기 수정이가 보고 싶어서 카톡을 보냈다.

-밥은 잘 먹고 다니지? 아픈 덴 없고?

-네, 완전 괜찮아요, 쌤.

-그래, 다행이다. 네가 괜찮아서. 쌤도 완전 괜찮아.

나는 웃었다. 수정이와 오랜만에 카톡을 주고받다가 행복해져서. 그리고 이제는 그 꿈을 기다리지 않아도 된다는 사실이 기뻐서.

네가 웃었으면 좋겠어!

안녕하세요, 선생님. 그동안 잘 지내셨나요?

저를 기억하실지 모르겠어요.

저는 2016년에 상담받았던 신미지 학생입니다.

선생님의 친구들에게 조금이나마 선물을 하고 싶어

고민하다 연락을 드립니다.

괜찮으시다면 정말 적은 금액이지만 선생님과 친구들과

조금 더 따뜻한 성탄절이 되기를 바랍니다.

좋은 성탄절 되세요!

성탄절이 막 시작될 무렵 카카오톡을 통해 메시지와 봉투가

도착했다. 내가 만난 모든 아이들을 기억할 능력이 없어 미안할 때가 많은데, 미지는 메시지를 받자마자 기억이 났다. 어느 카페에서 만났는지, 어떤 고민으로 찾아왔는지, 표정은 어땠는지….

이럴 때마다 당혹스러운 건 얼굴은 기억나지 않는데 표정은 기억이 난다는 것이다. 표정은 마음을 담고 있어서 그런 걸까. 진심의 마음을 나눈 시간에는 표정이 고스란히 기록되곤 한다.

-예쁜 마음 고마워. 이런 감동들이 모여서 내가 지금까지 청소년들과 밥 먹는 사람으로 살 수 있는 거 같아. 진짜 고마워.

-저도 그때 너무 감사했어요. 정말 많은 도움이 되었습니다. 정말 여러모로 다시 한번 감사드려요. 좋은 하루 되세요. 메리 크리스마스!

-고마움을 기억해준다는 건 생각보다 어려운 일이고, 생각할 수 없을 만큼 고마운 일이야. 너도 좋은 하루! 메리 크리스마스!

대화를 나누는 내내 떠올랐던 미지의 표정이 대화를 마치고 나니 바뀌었다. 《니가 웃었으면 좋겠어》라는 책을 쓰기도 하고, 같은 제목의 노랫말을 쓰기도 했는데, 이럴 때마다 그 책과 노래가 다시 완성되는 듯한 느낌이 든다.

내 앞에 희미하게 떠오른 미지가 비로소 선명한 미소를 띠었다. '니가 웃었으면 좋겠어'라는 나의 바람은 한 영혼의 웃음을 볼 때마다 이렇게 기쁨의 마침표를 찍으며 다시 완성된다. 나는 미지의 미소에 환한 웃음으로 화답하며 미지의 마음이 담긴 봉투를 받았다.

'지금 만나는 녀석들과 치킨 먹어야지. 얼마나 예쁜 누나가 얼마나 힘들게 일해서 보내준 귀한 돈인지 몇 번씩 말해줘야지.'

'와 그럼 더 맛있게 먹어야지.'

'에이, 우리의 미래네. 우리도 동생들 치킨 사줄 거예요. 조금만 기다려요, 쌤.'

녀석들의 반응이 벌써 귓가에 들렸다. 얼마나 너스레를 떨지 상상하니 웃음이 났다. 이 귀여운 녀석들이 빨리 보고 싶어졌다. 마음이 들린 걸까. 한 녀석에게 연락이 왔다.

-쌤, 여진이가요. 쌤 책 사고 싶은데, 돈이 없어서 슬프다고 울었어요.

-엥? 그걸 왜 쌤한테 말을 안 했대?

-누가 그랬대요. 작가도 자기가 쓴 책 돈 주고 사는 거라고.

그래서 말 못하겠대요. 쌤이 용돈도 주고 밥도 사주는데, 책까지 사날라고 하는 건 너무 염치없대요.

-아, 그런 게 어딨어. 어우, 속상해. 쌤이 여진이한테 말할게. 말해줘서 고마워.

얼마 전에 '오하루'라는 필명으로 청소년 소설을 출간했다. 읽고 싶다는 녀석들에게는 이미 주었는데, 말하지 않은 녀석들에게는 괜히 부담이 될까 봐 주지 않았다. 그러니까 여진이는 나에게 미안해서 말을 안 하고, 나는 여진이에게 부담을 줄까 봐 말을 안 한 것이다.

이렇게 우리는 서로 조심하고 배려하다가 서로에게 미안해질 때가 많다. 그래서 가능하면 정직하고 솔직하게 소통하려고 하는데, 그렇다고 배려를 안 할 수는 없으니 이런 경우가 발생한다. 이럴 땐 어쩔 수 없다. 서로의 마음을 알았으니 얼른 마주하는 수밖에.

-이여진, 너 쌤 책 읽고 싶다며? 아니, 왜 말을 안 해?

-책까지 사달라는 게 미안해서요.

-그 책 치킨보다 싸다. 그리고 읽고 싶다는 네 마음이 쌤한테는 큰 선물이야.

나는 카카오톡 선물하기로 책을 보내주었다.

-진짜 읽고 싶었는데, 최고의 선물이에요.

-읽고 싶어해줘서 고마워. 메리 크리스마스! 그리고 필요한 걸 필요하다고 말하는 건 자존심 없는 거 아니고 자존감 있는 거야. 네가 말 안 하면 쌤이 더 속상하니까 이제부터는 꼭 말해줘.

-네, 쌤. 사랑해요. 멜크!

-응, 메리 크리스마스! 나도 사랑해.

피식 웃음이 났다. 내가 청소년들을 만나지 않았다면 어디서 이런 예쁨을 접할까 생각하니, 진짜 복 받았구나 싶었다. 이번 인세는 치킨을 사주기도 전에 책값으로 다 나가겠구나 싶었지만 행복했다.

요즘처럼 책 읽는 사람이 적은 세상에 책하고 거리가 먼 녀석들이 내 책은 읽고 싶어 한다니 이런 복이 또 어디 있을까? 기분이 좋았다. 계속 웃음이 새어 나왔다. 나는 역시 하루구나, 싶었다.

나에게 하루라는 이름을 지어준 선배는 이름 뜻을 이렇게 말했다.

"깊은 슬픔에 빠져 있다가도 하루만 지나면 어떻게든 기쁨을 찾아내어 웃고 있고, 마구 기뻐하다가도 누군가의 슬픔을 마주하면 하루 만에 또 자기의 슬픔인 것처럼 빠져버리잖아. 하루야, 넌 역시 하루야! 오하루!"

어쩌면 스무 살 때 선배가 보았던 나의 마음은 아이들 덕분에 유지가 되고 있는지도 모르겠다. 아이들을 둘러싼 문제를 보며 굳어버렸다가도 아이들의 맑은 말과 마음을 마주하면 또 배시시 풀어지곤 하니까.

새벽 2시가 되었다. 새벽 상담을 마감하는 시간이다. 그래도 혹시 바로 대답해줘야 하는 이메일이나 디엠, 메시지가 없는지 살피는데 카톡이 왔다. 한 녀석이 '메리 크리스마스!' 인사와 함께 보낸 선물이었다. 너무 반가웠다.

하지만 받을 수 없었다. 핸드크림이었는데, 얼마 전 이 핸드크림을 가진 친구와 나눴던 대화가 생각났기 때문이다. 카페에서 화장실에 다녀왔을 때 친구가 핸드크림을 빌려줬다. 향이 좋아서 내가 물었다.

"오, 향 좋네. 이거 어디 꺼야? 얼마야?"

친구가 어디선가 들어본 브랜드 이름과 함께 가격을 말했다.

나는 너무 놀랐다.

"4만 5천 원? 뭐야, 치킨 두 마리를 손에 바르는 거냐?"

"그렇지. 나도 선물 받음. 직접 사서는 못 바를 것 같지만 향은 좋지?"

"아니, 취소. 치킨 향이 훨씬 좋음."

친구가 웃었는데, 난 웃음이 나오지 않았다. 치킨 두 마리를 손에 바르다니 너무 아까웠다. 그런데 녀석이 선물한 핸드크림이 바로 그 치킨 두 마리였다.

-서미야, 고마운데 이건 못 받아. 마음만 받을게. 쌤 이거 얼마인지 알아. 어떻게 치킨 두 마리를 손에 발라.

-아, 선물인데 받아요, 그냥.

-그러니까 마음만 받겠다니까.

-아, 쌤도 좀 좋은 거 발라요.

-야, 좋은 것도 정도가 있지. 영양크림 가격도 넘는 걸 어떻게 손에 바름?

-아니, 나 집에 갔다 왔잖아요. 정말 딱 내 짐만 가져오려고 했는데, 스치듯 새엄마 화장대를 봤어요. 화장품이 다 명품이더라고요. 그런 사람도 그렇게 좋은 거 바르는데, 쌤은 좋은 사람인데 왜 좋은 걸 못 발라요. 쌤도 좋은 거 발라요. 쌤

Hand

이 더 좋은 거 발라야 돼요. 그 사람은 안 해줬던 엄마를 쌤이 해주잖아요.

나는 말을 잇지 못했다. 그리고 그 마음을 이길 재간이 없어 배송 주소를 입력했다.

-알겠어. 무슨 맘인지 알겠어. 맘 몰라줘서 미안해. 받아서 잘 쓸게. 고마워.

-받아줘서 고마워요. 메리 크리스마스!

-메리 크리스마스!

서미는 오랜 폭력을 당했다. 친부는 아버지라면 저지를 수 없는 폭력을 가했고, 계모도 어머니라면 행사할 수 없는 폭력을 저질렀다. 지금 기관에 머물고 있는데, 집을 나온 지 10개월 만에 자신의 짐을 가지러 집에 들른 것이다.

가해자들이 없는 사이에 경찰을 통해 허락을 받고 기관 선생님과 함께 갔는데, 막상 집에 들어가니 잊은 줄 알았던 공포가 살아나더라는 이야기를 들었다. 너무 미안했다. 잊을 수 없는 것인 줄 알면서도 짐만 가지러 가는 것이라 걱정하지 않았다. 게다가 무서워서 나에게 전화를 했는데, 다른 녀석을 만나고 있느라 전화를 받지 못했다.

"막상 들어가니까 너무 무서웠어요."

이 한마디가 내 맘 어딘가에서 아직 내려가지 못했다. 힘들다거나 무섭다는 이야기를 좀처럼 안 하는 녀석이라 그런지 녀석의 담담한 목소리에 담긴 공포가 얼마나 큰 것인지 느껴졌다.

핸드크림이 도착했다. 아직 포장을 뜯지 못했다. 하지만 내가 꼭 바를 것이다. 당근마켓에 팔아서 치킨으로 바꾸고 싶지만 녀석의 으르렁거리는 소리가 들리는 것 같으니…. 이 핸드크림을 바르고 친구를 만나 나도 치킨 두 마리를 바르고 나왔다고 말해야지. 그리고 어떤 녀석이 어떤 마음으로 주었는지 자랑해야겠다. 막 웃으며 자랑하다 문득 또 울어버리겠지만 눈물이 나오기 전에 성탄절에 만난 예쁜 마음들을 마구 자랑해야겠다.

그럼 먼저 하늘로 간 선배가 날 내려다보며 "넌 역시 하루야, 오하루!" 하며 웃겠지. 그 모습을 떠올리며 울다가 또 웃어야겠다. 그리고 성탄절에 만난 이 신비하고 따뜻한 마음들을 잘 간직하고 있다가 나중에 하늘에 가서 만나면 또 자랑해야겠다.

이번 성탄절은 자랑거리가 많이 생겨서 그런가? 정말 '메리 크리스마스'였다. 예수님은 이런 자랑거리가 엄청 많은 분이니 이 마음들을 만나느라 자신의 생일 축하가 조금 늦은 걸 이해해주시리라 믿으며, 늦었지만 하늘을 보며 인사를 건넸다. “메리 크리스마스!”

내 마음에 생긴 스위치

구치소에 갔다. 투명한 벽을 사이에 두고 아이와 울면서 이야기를 나누었다. 드라마처럼 소리가 잘 들리면 얼마나 좋을까, 생각했다. 드라마에서는 면회 장면이 나오면 소리가 또렷하게 들리지만 실제로는 그렇지 않다. 서로 목청껏 말해도 개미가 내는 목소리 같다.

안에 들어간 녀석이 원망스럽기도 하고, 치킨 한번 맘 놓고 먹을 수 없는 장소가 마뜩잖지만 목소리를 제대로 들을 수 없는 것이 가장 아쉽다. 얼마 전 면회를 마치고 나오다가 한 할머니와 그 아쉬움을 나누었다.

"거긴 잘 들렸어요?"

옆 호실에서 나오던 할머니가 물었다.

"아니요."

"누구 한 명이라도 잘 듣게 좀 해주지…."

아쉬움과 원망이 담긴 할머니의 표정이 아직도 선연하다.

구치소에서 면회를 마치고 나오는 사람들의 표정이 좋을 리 없다는 건 편견이 아닌지, 나오는 사람도 들어가기 위해 대기하는 사람도 할머니의 표정과 닮아 있다. 나도 그렇다. 먹구름과 미세먼지가 잔뜩 낀 얼굴이다. 그런데 이번에는 조금 달랐다. 구치소 정문을 나가면서 전화 한 통을 받았기 때문이다.

"쌤! 저 붙었어요! 드디어 취직했어요!"

한 녀석이 취업에 성공했다는 연락을 해주었다. 나는 뛸 듯이 기뻤다.

"정말? 완전 축하해! 고기 먹자! 장하다, 내 쉬키!"

"헤헤, 고마워요, 쌤 덕분이에요."

우리는 취업 축하 선물과 고기와 첫 월급과 빨간 내복 이야기를 나누고 전화를 끊었다. 가슴은 계속 뛰었다. 보람과 뿌듯함이 내 얼굴과 마음을 가득 메웠다. 주머니에 휴대전화를 넣는데, 손에도 심장이 달린 것처럼 두근거림이 느껴졌다. 아마도 고개를 들었을 때 사람들이 보이지 않았다면 그날은 종일 심장박동을 느끼며 다녔을 것이다.

구치소에서 면회를 마치고 나오는 사람들이 보였다. 조금 전 내 얼굴에 드리웠던 먹구름을 똑같이 지니고 있었다. 그 모습을 보니 내가 괴물처럼 느껴졌다. 문을 나오기 전과 나온 후, 문을 사이에 두고 나는 다른 사람으로 바뀌기라도 한 듯 반대의 감정과 표정으로 변했다. 마치 이전은 없었던 것처럼 지금의 기쁨에 넘치도록 충실했다.

그런 내가 너무 이상하게 느껴져서 친한 동생에게 전화를 걸었다. 동생은 '야매' 상담사인 내가 곤란을 겪을 때마다 친절하게 안내하고 공감하고 위로해주는 전문 상담사다. 문을 사이에 두고 바뀐 나를 동생에게 설명하자 차분한 목소리가 건너왔다.

"언니, 많은 아이들 만나다 보면 여러 감정을 공감해야 하니까 스위치가 생긴 거예요. 이상한 거 아니에요. 살려고 그런 거예요. 언니도 그래야 사니까, 살려고 자동으로 만들어진 스위치예요."

그 말을 듣고 돌이켜보니 어느 순간부터 그랬다. 마음의 방에 슬픔이 일어날 때는 자동으로 꺼졌다가 기쁨이 일어날 때 자동으로 켜지는 스위치가 있었다. 이번처럼 문을 사이에 두고 간발의 차이일 때는 별로 없었지만 어느 정도 시간을 두고는 자주 켜지고 꺼졌다.

한 녀석과 슬픈 이야기를 하다가 기쁜 이야기로 넘어갈 때도, 한 녀석과 울다가 헤어지고 다른 녀석을 만나서 웃을 때도 그랬다. 하루에도 몇 번씩 눈물과 웃음이 교차되고, 빛과 어둠이 교대했다.

며칠 전 유튜브를 통해 라이브 방송을 했다. '오백송이' 멤버로 함께한 방송이었다. '오백송이'는 위로를 전하는 강연이나 북콘서트를 할 때 음악이 함께하면 좋을 것 같아 세 친구와 함께 결성한 밴드다. '오백송이'는 구성원의 성씨를 딴 이름이다. 오씨, 백씨, 송씨, 이씨. 네 명은 각자의 일을 하다가 함께할 일이 있을 때 모여서 삶을 이야기하고 사랑을 노래한다.

라이브 방송에 많은 사람이 참여하지는 않는다. 30여 명 정도가 기다리고 기대하며 모여 위로하고 위로받고 삶을 나눈다. 우리는 그 시간을, 그 시간이 주는 따뜻함을 참 좋아한다. 그런데 이번 방송에서 나는 혼자 따뜻함을 중지해야 했다. 한 댓글 때문이었다. 우리 노래의 작사가를 묻는 댓글에 나라고 대답하니 바로 댓글이 올라왔다.

-나랑 상담할 땐 냉정하시더니 가사는 따뜻하게 쓰시네요.

나는 너무 놀랐지만 금세 괜찮아졌다. 누군지 알 수 있었기 때문이다. 특유의 빈정거림을 말끝마다 달고 있는 녀석. 처음부터 비꼬지 않고 비꼬는 말을 하기 위해 빌드업을 하는 녀석. 작사가가 누군지 물었을 때부터 내가 차갑게 상담했다는 이야기를 꺼내기 위해 준비한 녀석. 그렇게 비겁한 수를 부리는 녀석은 딱 한 명이었다.

청소년이라는 우주에서 내 사랑만으로 되지 않는다는 걸 깨닫고 결국 포기한 사례가 셋 있는데, 그중 한 사례에 속하는 녀석이다. 이미 그런 일이 몇 번 있었지만 참고 넘겼다. 하지만 공개적인 자리라서 내가 대응을 못할 거라는 계산을 하고 한 행동인 걸 알기 때문에 더 이상 참아낼 수 없었다. 그 녀석의 이름을 불렀다.

"영찬아, 이제 그만하면 좋겠는데… 내가 대응을 못해서 안 하는 게 아니고, 네가 아직 청소년이라서… 나는 아직 청소년을 너무 사랑하는 사람이라서, 네가 정말 좋은 사람이 되길 바라서 참고 있는 거야. 그런데 나도 더 이상 참을 힘이 없어. 아, 여러

분 죄송해요. 오늘도 넘기려고 했는데, 이제는 저도 한계가 와서요. 참… 사랑을 사랑으로 답하는 사람이 백 명이고, 사랑을 가시로 돌려주는 사람이 한 명이면 구십구 명을 보고 힘을 내야 하는데 왜 한 명을 보고 힘이 빠질까요?"

함께하는 분들이 이해해주어서 라이브 방송은 잘 마쳤지만 내 마음은 여전히 저리고 떨렸다. 그 녀석과 있었던 일들이, 나누었던 대화가 동시에 다 떠올랐다. 힘든 마음을 들어주면 고맙다고, 쌤 같은 사람은 이 세상에 없다고 칭찬이 이어졌다. 그런데 다른 아이들 때문에 자신의 이야기를 못 들어주는 날이면 돌변했다. 사람을 차별하냐며, 그렇게 유명하지도 않은데 왜 바쁜 척을 하냐며 빈정거렸다.

그 화살이 나를 향해서만 날아왔다면 얼마든지 참았을 것이다. 그런데 아무리 교육하고 설명해도 성폭행과 성관계를 구분하지 못하고 피해자들을 비하하는 발언을 일삼았다. 그 녀석이 비하하는 피해자 중에는 내가 돌보는 아이도 있었다. 도저히 참을 수 없어 그 녀석의 선생님이나 부모에게 말하겠다고 하면 다시는 안 그러겠다며 빌었다. 그래서 믿어주기로 하고 또 상담을 시작했다. 그러면 또 같은 일들을 반복했다. 결국 도저히 관계를 이어갈 수 없어서 포기했지만, 마음은 아팠다.

어떻게 그렇게 되었을까. 성적만 좋으면 인성은 나빠도 된다고 누가 가르친 걸까. 어쩌다 이 아이는 가면을 쓰고 살게 되었을까. 결국은 세상의 피해자라고 생각했다. 그래서 한참을 안쓰러워했다.

그런데 이번 라이브 방송에서 그 서사가 끊겼다. 그 녀석은 청소년이 아니라 가해자라는 걸 인정할 수밖에 없었다. 가해자에게 서사를 부여할 수 없었다. 정말 인정하고 싶지 않았는데, 물이 가득 찬 컵에 물 한 방울이 툭 떨어졌고 넘쳐버렸다.

그러지 말지, 이렇게 내 마음이 절벽까지 가지는 않았을 텐데, 원망스러웠다. 이번만 그러지 않았다면 컵 안에 든 물은 햇볕에 마르기도 하고, 내가 조금 마셔버리기도 하고 그랬을 텐데… 아쉽지만 한없기를 바랐던 나의 자비는 끝이 났다.

참담했다. 꾹꾹 눌러왔던 마음이 다 터져 나오지도 못하고 엉켜버렸다. 나는 내가 모두를 사랑할 수 있다고 생각했던 걸까. 그 녀석이 진심으로 뉘우쳤다고 믿었던 걸까. 사람들이 '나쁜 아이'라고 말하는 아이도 만나 보면 '나쁜 아이'가 아니라 '아픈 아이'였다. 그런데 '아픈 아이'가 아니라 '나쁜 아이'라고 믿게 된 첫 사례가 생겼다.

그것이 너무 처참했던 걸까. 이번 사례가 실패라는 생각을 외면하고 싶었던 걸까. 오만과 착각과 패배감과 좌절감이 바쁘게 엉키느라 그 속에 들어 있는 자잘한 감정은 알아볼 수도 없게 꼬였다. 어둑해진 마음은 영혼의 밤으로 이어졌고, 사방이 온통 캄캄했다. 한동안 불이 들어오지 않을 것처럼.

그런데 얼마 지나지 않아서 어처구니없게 스위치가 툭 켜졌다.

-쌤, 저 오늘 손목 안 그었어요. 봐요. 칼만 꺼내고 안 그었죠?

한 녀석이 사진을 보냈다. 사진에는 피가 나지 않는 손목과 책상 위에 얌전히 놓여 있는 커터칼이 보였다.

자신을 다치게 해야 자신이 살아 있음을 느끼는 녀석에게 그건 잘못 알고 있는 거라고, 널 해치지 않아야 더 잘 살아 있을 수 있다고 수없이 말하고 달랬다. 치료를 권하기도 하고, 살아줘서 고맙다고 말하기도 하며 1년 넘게 그만하기를 바랐는데, 드디어 참아낸 날이 하필 스위치가 고장 난 듯 컴컴했던 그날이었다.

-고마워, 진짜 고마워. 정말 고마워. 진짜 대견해. 앞으로도 또 널 해치고 싶어지면 쌤한테 전화하고 통화하면서 잘 참아보자. 하루하루 하다 보면 한 달이 되고, 일 년이 될 거야.

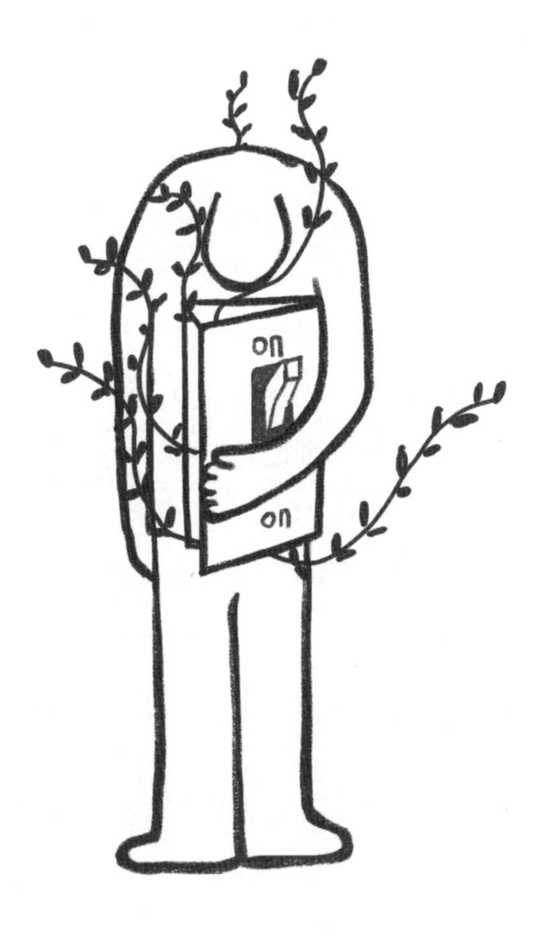
on
on

-쌤, 고마워요. 완전 사랑해요.

우리는 울었다. 스위치가 켜진 영혼의 아침에서 웃음보다 밝은 울음을 쏟아냈다. 참담한 마음을 멀리 보내진 못했지만 그래도 있는 힘껏 밀어내고 내내 아침만 있었던 것처럼 기뻐했다.

그러다가 알게 되었다. 어쩌면 나는 이 스위치를 계속 달고 있어야 한다는 걸. 청소년이라는 우주를 품을 때도, 품지 못할 행성을 만날 때도, 꽃이 피거나 질 때도, 나무가 푸르거나 푸르지 못할 때도, 내 스위치는 자동으로 켜지고 꺼질 것이다.

때론 내가 괴물처럼 느껴질 때도 있고 이중인격처럼 느껴질 때도 있겠지만 그보다 자주 함께 울고 함께 웃을 수 있음에 만족하며, 스위치를 떼어내지 못할 것이다. '참담함'이 한 번 찾아올 때는 구십구 번의 '참담하지 않음'을 떠올리며 수동으로 스위치를 켜야지. 결국 이 우주의 끝에서 셈을 해보면 슬픔보다 기쁨이 더 많았다는 걸 깨닫고 웃을 수 있으리라 믿으며.

'더 그리움'이 이기는 날들

처음 청소년들을 만날 때 휴대전화에 스피커를 연결해두고 잤다. 카톡 알림 소리를 듣지 못해서 사고를 막을 수 없었던 그 날 이후로….

친구를 먼저 떠나보낸 녀석들은 한결같이 말한다. 자신이 조금만 더 잘했으면 친구가 떠나지 않았을 거라고.

"그 친구가 떠나기 전에 우리 집 앞에 왔었대요. 지나가다가 우리 언니가 봤대요. 제가 그때 집에 있었으면 그 친구가 떠나지 않았을까요?"

"친구 연락을 못 받았어요. 제가 연락만 받았으면 친구가 아직 여기 있지 않을까요?"

"친구의 마음이 그렇게 힘들었는지 몰랐어요. 제가 조금만 더 잘했으면 살아 있을지도 몰라요."

나는 그 녀석들을 달랜다. 아니라고, 절대 아니라고 말한다. 친구는 네가 연락받지 않아서, 잘해주지 않아서 떠난 게 아니라고. 그나마 네가 있어서 사는 동안 행복했을 거라고.

하지만 막상 나 자신을 달래기는 쉽지 않다. 내가 연락만 받았다면 괜찮았을 것만 같다. 더 잘해주지 못한 나에게 자꾸 화살을 돌린다. 하지만 이미 일어난 사고를 돌이킬 방법은 없다.

그럼 무얼 할 수 있을까. 우선 연락을 잘 받는 건 할 수 있겠다는 생각이 들었다. 그래서 자는 동안에 스피커를 연결해둔 것이다. 아이들을 위한 마음이기도 하지만 내 죄책감을 덜기 위한 방편이기도 했다. 참 잘했다는 생각이 드는 건 덕분에 막을 수 있었던 사고가 여럿 있었기 때문이다.

한번은 경찰서에서 연락이 왔다. 민수가 싸워서 경찰서에 와 있다고. 서둘러 경찰서로 갔다.

"진짜 왔네요?"

민수의 말이었다. 언제든 필요할 때는 간다고 했는데, 그 말을 믿지 않았단다.

"진짜 졸려서 오기 싫었는네, 약속 지키려고 온 거야. 다신 새벽에 오게 하지 마."

민수는 대답하지 않았는데, 나중에 그랬다. 진짜 온 거 보고 진짜 이상한 사람이구나, 생각하다가 마음이 열렸다고.

한번은 은정에게 자살 예고를 받았다.

"나 죽어도 아무도 슬퍼하지 않을 거라서 나는 죽을 거예요."

"어딘데?"

"한강이요."

"우선 마지막으로 내 얼굴 보고 죽어."

나는 서둘러 준비하고 택시를 탔다. 한 번에 찾을 수 없어서 통화하며 위치를 묻고 또 물었는데, 꼬박꼬박 자기 위치를 설명했다. 그것도 왜 못 알아듣냐고 답답해하면서.

그때 알았다.

'이 녀석, 죽겠다는 게 아니라 죽으면 슬퍼할 사람이 있다는 걸 확인하고 싶구나.'

나는 만나서 그 사실을 확인시켜 주었다. 결국 24시간 운영하는 패스트푸드점에서 햄버거를 사이좋게 먹고 돌아왔다.

이외에도 책 한 권은 거뜬히 채울 만큼 많은 일이 있었다. 하지만 이렇게 무거운 일들만 일어나는 건 아니다. 내가 이런 이야기를 들려주면 친구들이 “그래서 사람이 살겠니?”라고 묻는데, 나는 그러면 “그래서는 못 살지. 그게 전부는 아니니까 살지”라고 대답한다.

정말이다. 긴장하고 연락을 받았다가 그저 웃게 되는 일도 많았다.

“쌤, 올영에서 제가 좋아하는 틴트요, 오늘 ‘원 플러스 원’ 했거든요. 근데 못 샀어요. 그래서 저는 내일부터 입술이 없어요.”

“어, 그랬구나. 개슬프겠다. 그럼 다음 세일 때 쌤이랑 오픈런하자.”

“오, 좋아요!”

“쌤, 제가 좋아하는 남자애 있잖아요. 걔가 오늘 제 친구한테만 웃어줬어요. 아, 짜증나요.”

“그럼 이제 좋아하지 마.”

“아, 어떻게 그래요.”

“그럼 계속 좋아해. 마음에는 원래 조건이 없는 거잖아.”

“힛… 알겠어요.”

이런 경우들이나. 빵빵한 풍선인 줄 알고 받았는데 바로 바람이 '삐이익' 소리를 내며 빠져나가는 기분이 든다. 그 소리가 웃겨 웃음이 난다. 가끔은 너무 졸려서 '이런 얘기는 저녁이나 낮에 해주지' 싶기도 하지만 그래도 사고 아니고, 생명이 달린 일이 아니어서 오히려 고맙다.

때로는 사랑 고백을 받기도 한다. 스무 살이 되어서 술을 먹고는 "쌤, 내가 얼마나 사랑하는지 알죠?" 하는 말을 하기도 하고, 힘든 터널을 간신히 통과한 녀석이 "쌤, 이제 다시 살게요. 사랑해요"라고 부활의 소식과 함께 고백하기도 한다. 저절로 웃음이 나고 행복해진다.

이제는 스피커를 연결하지 않고 잠을 잔다. 굳이 스피커의 도움을 받지 않아도 잘 깬다. 워낙 새벽에 연락을 자주 받다 보니 작은 소리에도 예민한 사람이 되어버렸다. 누가 업어가도 모르게 잔다고 잔소리했던 엄마가 보면 신기해할 것 같다. 이미 하늘에서 내려다보고 신기해하고 계실지도 모르지만.

그래도 다행인 건 매일 밤 연락이 오는 건 아니라는 거다. 일주일에 두세 번 정도 여지없이 진동이 울린다. 오늘도 그랬다.

-친구가 며칠 전에 죽었는데 마음이 갑갑합니다. 어떻게 해야 하는 거죠?

나는 침을 삼키고 한숨을 쉬고 머리를 묶고 정신을 차렸다. 다시 메시지를 보고 다시 침을 삼키고 답을 남겼다.

-아플 만큼 아프고, 힘들 만큼 힘들고, 괴로울 만큼 괴롭고 그 시간들을 다 지나야 해. 다 지나도 완전히 낫지는 않아. 그래도 그냥 살 만해져. 그때까지 기다려야 해. 많이 힘들겠지만 지나가 보자.

-네, 감사합니다.

내가 쓰면서도 모질다 싶은 답변에 뭐가 감사한 걸까. 나는 벽에 기대어 아까 다 뱉지 못한 한숨을 마저 뱉었다.

며칠 전에는 잠에서 깨지 못하기도 했다. 아침에 깨서 보니 부재중 전화 한 통과 전화를 했던 녀석이 남긴 장문의 메시지가 도착해 있었다.

-너무 미안해. 쌤이 잠들어버렸어. 어디야?

-쌤, 괜찮아요. 쌤이 들어준다고 생각하고 문자로 다 말하고 나니까 괜찮아졌어요. 학교 왔어요.

-잘했네. 장하다. 고마워.

나는 가슴을 쓸어내렸다. 그리고 오늘은 '통잠'이라는 걸 경험해보기를 바라며 하루를 시작했다. 처음에 아이들을 만날 때는 밤새고 뛰어다니며 상담을 해도 몸이 괜찮았다. 하지만 이제는 체력이 되지 않는다. 몸은 자신을 함부로 했던 걸 기억했다가 그 기억이 쌓이면 어느 순간 성큼성큼 다가와서 따진다. '네가 나한테 이랬지!' 하고.

그래서 아이들에게 새벽 2시까지만 상담이라고 공지하고, 인스타그램 스토리에도 올린다. 하지만 죽고 싶을 만큼 터져 나오는 슬픔이 시간을 정해둘 리 없으니 연락이 오면 받는다. 연락이 오면 받지 못할까봐 불안한 마음을 안고 잠이 든다. 깊은 잠을 자고 싶지만 깊이 잠을 잔 게 언제였는지 기억나지 않는다.

요즘은 통일보다 숙면이 소원이라고 우스갯소리를 하기도 한다. 그러면서도 불안한 날은 휴대전화를 진동에서 소리로 바꾼다. 그러고도 걱정이 되면 소리를 크게 해놓고, 정말 소리가 크게 나는지 확인하고 자리에 눕는다.

왜 이럴까? 누가 시키는 것도 아니고, 어디에 소속되어 있는 것도 아닌데, 나는 왜 이러고 살까? 밤부터 아침까지 '통잠'을 잤던 날이 그리우면서도 왜 여지없이 깨어나 살아달라고 부탁하고 있을까?

'통잠'보다 더 그리운 것이 있어서다. 지금까지 만났던 쉬키들과 앞으로 만날 쉬키들의 해맑은 웃음. 환경과 구조와 사회와 어른들이 터트리지 않았다면 여전히 지니고 있을 아이의 웃음. 나는 그게 더 그립다.

오늘도 머리맡에 휴대전화를 두고 벨소리를 확인했다. 언제까지일지 모르겠지만 아직은 '더 그리움'이 이기는 모양이다.

/ 5장 /

내일은 모르겠고,
그냥 오늘을 살자

저요? 저는 그냥 쌤입니다

나를 설명하는 일은 어렵다.

처음에 내가 한 일은 그저 동네 놀이터에 있는 녀석들 치킨을 사주는 거였다. 이유는 간단했다. 그 녀석들이 배고프다 했고, 나도 배가 고팠으니까. 한 번의 만남으로 끝날 줄 알았는데, 녀석들이 찾아왔다. 올 때마다 치킨을 먹었다. 검정고시를 보고 싶은데 학원비가 없다고 했고, 국어는 자신 있으니 같이 해보자고 했다.

녀석들의 숫자가 점점 늘어났다. 치킨을 그냥 사주는 게 신기하다며 친구들을 데려왔다. 배고픈 사람끼리 밥을 같이 먹는 건 당연한 일이지 신기한 일이 아니라고 말했다. 그리고 당연히 밥을 같이 먹는 횟수가 늘어났다. 사촌이 한 명도 없던 내 어린 딸들은 오빠, 언니들과 함께 노는 걸 무척 좋아했고, 우리는 그냥 시간이 되면 같이 모여 밥을 먹었다.

모임 이름이 있으면 좋겠다는 한 아이의 말에 '비전반'이란 이름을 만들었고, 나를 '써나쌤'이라 부르는 아이들이 모인 '비전반'이 생겼다.

아이들에게 들려주던 이야기를 모아 《힐링 멘토》라는 책을 낸 건 내 직업이 작가였기 때문이다. 다른 이유는 없었다. 그 책의 출간을 계기로 강의를 시작하게 된 건 나에게 치킨값을 벌게 하려는 하늘의 뜻이라 여겼다. 그저 감사했다. 하지만 너무 긴장되고 떨렸다. 걱정도 되고 자신도 없었다. 비전반 아이들을 만났을 때 이 마음을 털어놓았다.

"쌤 강의하면 치킨값은 벌 수 있을 것 같은데, 잘할 수 있을까? 진짜 너무 떨려."

"쌤, 우리한테 이야기하는 것처럼 편하게 해요. 그래야 애들이 알걸요? 우리의 '내부인'인 걸."

"오, 내부인이라는 단어도 알아?"

"외부인도 알거든요?"

"쌤 생각보다 개똑똑하네."

"쌤 생각이 멍청했던 거죠. 난 원래 똑똑합니다."

'내부인'이라는 단어는 나에게 정체 없는 자신감을 주었다. 나는 그 자신감을 붙들고 비전반 아이들에게 하는 것처럼 반말로 편하게 강의했다. 그게 효과가 있었던 걸까. 강의가 하나둘 늘었다. 아이들이 소통을 위해 페이스북을 설치해달라고 했고, 페이스북 메시지로 상담을 요청하는 아이들이 늘었다. 자연스레 '야매 상담사'가 되었고, 만나는 아이들이 늘어났다. '청소년과 밥 먹는 사람'이라는 활동명도 생겼다.

유명해지고 싶진 않았다. 한 녀석이 "쌤 유명해지면 우리 직통으로 못 만나서 안 돼요"라고 했다. 나도 유명한 사람보단 '청소년과 밥 먹는 사람'이 좋았다. 같은 이유로 단체도 안 만들고, 방송에 나가지도 않았다. 아이들이 만나러 올 때까지만 이렇게 살고 싶었다. 그리고 참 감사하게도 아이들이 계속 찾아와주어서 지금도 이렇게 살고 있다. 너무 좋다.

그런데 시간이 길어지다 보니 문제가 생겼다. 이제 밥만 먹는 것으로 끝나지 않는다는 것이다. 아이들의 아픔을 같이 느끼다 보면 경찰도 만나고, 쉼터 소장도 만나고, 기관에 근무하는 상담사도 만나고, 병원의 사회사업팀도 만난다. 아이들은 "도움을 주는 어른이 있느냐"라는 질문에 여지없이 '써나쌤'을 말한다. "혹시 오선화 작가님?"이라고 반문한 분은 여태껏 한 분이다. 나머지 분들은 "그게 누구야?"라고 묻고, 아이들은 자기들이 생각하는 나를 말한다.

결국 신뢰관계인이나 후견인이란 이름으로 나에 대해 질문한 분들을 만나게 된다. 그리고 내 정체에 관한 질문을 받는다. 여러 형태의 질문이지만 결국 묻고 싶은 건 하나다. "누구세요?"

'소속 기관도 없고, 상담사도 아니고, 작가인 건 알겠는데 왜 청소년들을 만나지?'라는 생각에서 나온 말이다. 나도 안다. 상대방 입장에서 생각하면 내가 충분히 이상할 만하다. 하지만 나는 내가 이상한 사람이 아니라는 설명을 해야 한다. 그게 참 웃기고 어렵다.

"쌤은 우리 쌤인데, 누가 이상하게 보든 무슨 상관이에요."

"쌤이 누구냐고요? 그냥 쌤이잖아요."

"우리가 쌤, 하고 부르면 쌤이 돌아보잖아요. 그게 쌤이 누구란 걸 이미 말해주지 않아요?"

아이들 말에 어른들 사이에서 눌린 내 자존감이 다시 부풀어 오른다. 사람들은 어른들에게 자존감이 눌린 아이들을 내가 회복시킨다고 생각할지 모르지만 그 반대일 때가 많다. 이 사회에 치이고 눌린 내 자존감을 아이들이 회복시켜줄 때가 더 많다. 무슨 경력이나 직함 따위는 아이들에게 중요하지 않다. 함께 울고 함께 웃고 있는 쌤이면 된단다. 친구들에게도 당당히 그렇게 말한다.

"우리 쌤이야."

"무슨 쌤? 어디 쌤?"

"아, 그냥 우리 쌤이야."

그 당당함에 친구들도 고개를 끄덕인다.

"아, 그럴 수 있지. 그냥 쌤이 있을 수 있지."

이게 청소년들의 매력이다. 정상 범주에 들어가 있지 않은 관계도 인정하고 수용한다. 아니, 어쩌면 아이들은 애초에 무엇이 정상이라고 규정지어놓지 않는 것 같다. 하지만 이 매력을 다 써버리고 어른이 된 사람들에겐 이 설명이 당황스러울 수밖에 없다.

한 녀석이 시외버스 터미널에서 경찰에게 잡혔다. 쉼터에서 가출했는데, 서울에 도착하기도 전에 신고가 들어갔다. 탑승한 버스 번호도 확인이 되어서 버스가 서울에 도착하기도 전에 경찰이 터미널에 대기하고 있었다. 누가 봐도 가출 청소년으로 보인다는 사실을 자신만 모른다는 것이 참 다행이었다. 적어도 버스 안에서는 서울을 누빌 상상에 행복하기만 했을 테니.

녀석은 경찰서로 가는 내내 "아, 그게 저인 줄 어떻게 알았어요? 제가 가출한 애라는 거 어떻게 알았냐고요?"라고 물었고, 경찰은 새어 나오는 웃음을 참을 수 없었다고 했다.

경찰은 경찰서 의자에 녀석을 앉혀놓고 보호자의 연락처를 물었다. 하지만 녀석은 보호자에게 연락할 수 없는 상황이었다. 그래서 내 연락처를 말했다. 경찰이 "어, 왠지 낯익은 번호인데?"라고 말했다는 걸 나중에 알고 나는 "드디어 내가 블랙리스트에 올랐다"며 울상을 지었다. 녀석은 큰 소리로 웃으며 "쌤은 이미 올랐을걸요. 마포대교에서 보호자로 불려간 적만 열 번이 넘잖아요" 했다.

경찰은 고개를 갸웃거리며 나에게 전화했다. 하지만 내가 전화를 받지 않았다. 나는 새벽상담을 2시에 마치고 잠을 청한다. 내가 만나는 녀석들도 아는 사실이라 2시 이후에는 연락하지

않는다. 물론 긴급하거나 위급한 일은 시간을 가리지 않으니 그런 일은 예외다. 가끔 내 잠을 깨우기 미안해서 아침까지 아픔을 참는 녀석들이 있다. 그럴 때마다 마음이 아프지만 내가 오랫동안 '청소년과 밥 먹는 사람'으로 살아가기 위해 꼭 필요한 기준이어서 할 수 없이 정했다.

그런데 그 전화가 온 건 새벽 3시였다. 나는 잠든 지 얼마 되지 않아서 휴대전화의 진동을 느끼지 못했다. 경찰은 한 번 더 전화했고, 내가 받지 않자 녀석에게 물었다.

"보호자 아니지? 누구야?"

"보호자 맞아요."

"누군데? 엄마야? 아빠야?"

"쌤이요."

"쌤? 무슨 쌤?"

"그냥 쌤이요."

"그냥 쌤이 어딨어? 학교 쌤이야? 쉼터 쌤이야?"

"아, 진짜 그냥 쌤이에요! 아저씨는 그냥 쌤도 없어요?"

녀석의 당당한 말투에 경찰은 목소리를 낮추고 말했단다. "어, 뭐, 그냥 쌤? 그래, 뭐, 있을 수도 있지"라고.

나중에 그 이야기를 들으며 웃음이 터져서 같이 먹고 있던 수플레 케이크에 얼굴을 묻을 뻔했다.

“진짜 그 아저씨는 그냥 쌤도 없으면서 왜 그렇게 나를 윽박질러요. 웃기잖아요.”

“그래, 웃기다. 너무 웃겨.”

우리는 한참을 웃었다.

더 웃긴 건 이런 일이 처음이 아니라는 것이다.

누군가와 싸워서 경찰서까지 갈 뻔했던 녀석에게 물었다.

“그러다가 경찰서 갔으면 어떡할 뻔했어! 엄마가 오실 수 있는 상황도 아닌데.”

“쌤 있잖아요.”

“학교 쌤도 아닌데, 뭘. 또 무슨 보호자냐고 하실 텐데.”

“그럼 아저씨는 그냥 쌤도 없어요? 하면 되지.”

“어우!”

녀석들을 만나면 “어우!”밖에 다른 말은 안 나오는 일이 많다. 하지만 그래도 좋다. 내가 그냥 쌤인 것처럼 녀석들도 그냥 아이들이니까. 우리는 그냥 ‘비전반’이고, 그냥 인연이고, 그냥 함께고, 그냥 치킨을 같이 먹었고, 그러다 식구가 되었으니까.

그래도 “누구세요?”라는 물음에 “그냥 쌤이에요”라고 편하게 말할 수 있는 세상이면 좋겠다. 시회적으로 규정된 관계가 아니어도, 이미 익숙하게 설정된 관계가 아니어도 “그런 관계가 어디 있어요?”라고 묻는 사람보다 ‘그런 관계가 있을 수 있지’라고 생각하는 사람이 더 많아졌으면 좋겠다. 그냥 쌤으로 살아가기 위해 설명을 감수해야 한다면 기꺼이 하겠지만, 설명하느라 영혼을 살릴 시간을 빼앗기고 싶지는 않기 때문이다.

내일은 모르겠고, 그냥 오늘을 살자

사랑이는 도무지 이해할 수가 없다. 왜 자기 앞에서 부모가 그렇게 싸우는지, 왜 서로를 안 만났어야 한다고 소리 지르는지….

그 말은 마치 사랑이가 태어나지 말았어야 한다는 말로 들린다. 서로의 만남을 후회한다는 건 만나서 자신을 낳은 걸 후회하는 걸까 봐 두렵고 무섭다. 그래서 방구석에 웅크려 앉아 얼굴을 무릎에 파묻는다. 친구가 되어주겠다며 사랑이에게 말을 거는 건 두려움과 무서움뿐이다. 공포가 친구라니… 차라리 태어나지 말걸. 그럼 이렇게 아프지도 않을 텐데…. 두 사람은 차라리 만나지 말지. 그럼 나도 안 태어났을 텐데….

공포는 원망을 낳고, 원망은 사랑이의 몸과 마음을 동시에 괴롭힌다.

신고한 적이 있다. 아빠가 언제 화를 낼지 모르는 집이 숨 막혔고, 그러다 아빠가 실제로 화가 나면 말과 손으로 때렸다. 원인은 다양했다. 동생이 물건을 잃어버리기도 했고, 집에 밥이 없기도 했고, 사랑이가 말대답을 하기도 했다. 그런데 그것이 그렇게 화를 낼 만한 것인지 이해할 수 없었다. 견딜 수 없었다. 그래서 아동폭력으로 신고하고, 부모가 조사를 받았다.

엄마는 아빠한테 화를 내면서도 "네가 그 정도는 이해해줘야지"라고 말했다. 엄마가 아빠의 편일지도 모른다는 생각이 드니 더 불안해졌다. 아빠는 억울해했다. 다 이 정도는 훈육하는 건데 애가 유별나게 예민한 거라고. 그리고 혹시 조사 결과가 잘못 나오면 자신이 일을 못하게 될 거라고 걱정했다. 아빠가 돈을 못 벌게 되면 가족이 다 굶어야 하고, 그건 사랑이가 신고를 했기 때문이라고 했다.

사랑이는 죄책감까지 떠안아야 했다. 그래도 다행인 것이 있었다. 신고 이후 아빠가 또 때리는 일은 없었다. 사랑이는 신고를 잘했다고 생각했다. 맞지 않는 것도 좋았고 쉼터로 가게 되어

아빠와 분리될 수 있었다.

하지만 다행은 잠시였다. 쉼터에서는 성질이 다른 폭력이 일어났다. 규제가 너무 심했고, 2주 동안 휴대전화를 주지 않은 적도 있었다. 견딜 수 없어 쉼터를 나와 서울로 갔다. 며칠을 떠돌다가 경찰에게 잡혔고, 경찰은 부모를 보호자로 불렀다. 보호자가 부모라는 사실을 확인할 때마다 사랑이는 '보호'라는 단어의 뜻을 의심했다.

"왜, 쌤한테 연락 안 했어?"

"잘 지내기로 했는데 못 그래서… 쌤도 실망하고 화낼까봐요."

"쌤이 왜 화를 내. 연락하지. 따뜻한 밥이라도 먹게."

이렇게 말했지만 내 얼굴은 곧 뜨거워졌다. 그저 부모가 그렇게 화내는 사람이라 나를 오해하나 싶었다가 내가 정말 화를 냈던 일이 떠올랐다. 사랑이의 연락이 끊이지 않던 때였다. 아이들의 힘듦을 다 받아주고 싶은데, 한 녀석의 아픔만 들어주는 게 아니라서 한 녀석이 매일 쉴 새 없이 연락할 때는 한계를 느끼곤 한다. 얼마나 힘들면 이렇게 매일 확인하고 싶을까 싶으면서도 나라는 사람의 한계는 어쩔 수 없을 때가 많다.

"나, 옥상이에요. 떨어질 거예요."

몇 번을 달래서 내려보냈던 옥상에 또 올라갔을 때, 나는 버럭 화를 냈다.

"너는 쌤이랑 같이 떨어지고 싶은 거야? 쌤도 숨을 쉬어야 너도 살리고 다른 애들도 살릴 거 아니야. 협박하는 거야? 가까우면 뛰어가기라도 하지, 너한테 가려면 몇 시간이 걸리는데 어쩌라고. 너 살리지 못한 거 후회하면서 평생 울라고? 그동안 너 살리려고 내가 한 노력은 아무 소용없다고 말하고 싶은 거야? 도대체 내가 뭘 잘못한 거야. 나한테 왜 협박을 하는데! 내려와! 당장!"

나는 그렇게 소리를 지르고 주저앉아버렸다.

한 시간쯤 후에 연락이 왔다.

"쌤, 내려왔어요. 죄송해요."

"고마워. 화내서 미안해."

사랑이는 나중에 너무 놀라서 내려온 거라고 했다. 내가 그렇게 화를 낼 줄은 몰랐다며….

나는 또 사과했다. 그리고 두려워졌다. 갑자기 화를 낸다는 사랑이 아빠와 내가 똑같이 생각되진 않았을까, 하고.

하지만 그때의 나에겐 더 큰 두려움이 있었다. 또 한 아이를 잃을지 모른다는 두려움. 그것이 너무 커서 숨이 막혔다. 그래도 그렇게 소리를 지르면 안 되는 건데, 방법이 옳지 않았다.

"다음에 서울 오면 바로 연락해. 쌤 이제는 화 안 내."

"네, 혹시 쌤 볼 수 있을까 해서 지하철을 내내 타고 다녔어요."

'청소년이라는 우주'라는 말은 참 적절하다고 생각될 때가 많다. 이런 예쁜 마음을 마주할 때마다 정말 광활하고 빛나는 우주 같으니까.

사랑이를 만난 지 1년이 되었다. 처음에는 무턱대고 상담 가능하냐고 해서 녀석과 메시지를 주고받았다. 조금 친해진 후에는 찾아가 만나면서 함께 울기도 하고 웃기도 했다. 1년이 되었다는 건 사랑이가 알려주었다.

"쌤, 작년 이쯤 처음으로 전화한 것 같아요. 벌써 1년이에요. 쌤이 그때 그런 말을 해주셨어요. '오늘을 살았으니 오늘을 살고, 내일이 오늘이 되면 또 오늘을 살고 그러면 돼'라고. 쌤도 살아줘서 고맙고 살려주셔서 감사해요."

오늘
오늘
오늘
오늘
오늘
오늘
오늘
오늘
오늘
오늘
오늘
오늘

“그래, 그렇게 또 오늘을 살아가 보자.”

그리고 또 반년이 지난 지금, 사랑이는 살아 있다. 못 버틸 거 같은 어제와 버틸 수 있을 것 같은 오늘을 오가면서.

-쌤, 포켓몬 중에 ‘먹고자’랑 쌤이랑 닮았어요.

이런 메시지를 생뚱맞게 보내며 막 웃기도 하고, 못 버틸 것 같아 다시 마음의 옥상에 올라가기도 한다.

-저 응급실에 왔어요. 약을 다 털어넣었어요.

-괜찮아?

-어지러운 거 빼고 괜찮아요.

-다행이다.

-저에게 괜찮다고 해주는 사람이 있네요. 고마워요. 살게요.

사랑이는 이렇게 또 살겠다고 다짐해주기도 하면서, 살아 있다. 그리고 어제는 또 힘들었다고 고백했다. 왜 태어났는지 모르겠다면서.

-나는 사랑이가 태어나줘서 너무 좋은데. 나를 좋아해주고, 내가 별로 안 웃긴 말을 해도 웃어주고, 죽고 싶을 때도 있지만 살아주고, 그래서 너무 고마운데.

사랑이는 한참 후에 고맙다고 답장을 보내왔다. 긴 말을 하고 싶은 기분이 아닌 것 같아서 다시 말을 건네지는 않았다.

나는 이해할 수 없다. 왜 아이들이 이렇게 힘들어야 하는지. 자신이 결정한 결혼도, 출생도, 성장도 아닌데…. 그저 어느 날 보니 자신의 집이고, 자신의 부모가 되어 있는 이들에게 왜 고통을 받아야 하는지 나는 이해되지 않는다. 오늘이 어제가 되어도, 내일이 오늘이 되어도 이 원망이 사라질 것 같지 않다. 그래서 더 살리고 싶은 모양이다. 이 녀석들의 잘못이 아니니까.

"쌤, 저는 언제 행복해질까요?"

"와, 너 지금 나랑 얘기하면서 안 행복해? 이렇게 웃고 있는데?"

"아!"

"쌤은 내가 또 옥상에 올라가도 나 좋아할 거죠?"

"안 올라가면 좋겠지만 올라가도 좋아할 거야."

"내가 다시 약 먹고 응급실 가도요?"

"그것도 안 그러면 좋겠지만 그래도 좋아할게."

"그럼 나도 지금 행복해요."

"나도."

언젠가 사랑이랑 나누었던 대화를 떠올리며, 나는 믿는다. 잘못하지 않았는데도 아팠던 아이들이 조금씩 행복으로 옮겨질 것이라는 걸. 아픔의 총량을 다 채우고 나면 옆에 있는 행복의 컵을 조금씩 채워나갈 것이란 걸. 행복의 컵이 없는 게 아니라 비어 있을 뿐이라는 걸 나는 믿는다.

그래서 더 살리고 싶다. 행복한 모습을 꼭 보고 싶어서. 행복에 자격이란 없겠지만 있다 하더라도 그 자격이 충분한 아이들이니까.

(사랑아, 살아주어 고마워. 내일은 모르겠고 오늘을 살자. 그냥 오늘 살았으니 오늘 살고, 내일도 오늘이 되면 또 오늘을 살고 그러자고. 그 오늘이 쌓이다보면 어느새 행복도 채워지고 있을 거야. 쌤이 너와 함께할게.)

나는 오늘도 죽고 싶은 아이를 만나러 간다

대구에 강의를 하러 가는 길이었다. 동대구역에 도착할 무렵 상운이에게 카톡이 왔다.

-쌤, 재영이 연락이 안 돼요.

불안함이 엄습했다. 온 힘을 다해 밀어두고 모른 척하던 두려움이 우르르 몰려오는 기분이었다. 나는 애써 태연한 척하며 답장을 보냈다.

-별일 없을 거야. 쌤도 연락해볼 테니까 네가 먼저 연락되면 알려줘.

-네, 쌤도 연락되면 알려줘요.

-응.

나는 강의 장소로 가면서 수십 번 전화했다. 전화기가 꺼져 있지는 않았는데 전화를 받는 사람은 없었다. 두려움을 따돌리며 강의 장소로 향했다. 강의 중간중간에 재영이가 떠올라서 어떻게 강의를 마쳤는지 모른다. 정신없이 동대구역으로 갔다. 서울로 가는 가장 빠른 표를 예매했다. 동대구역에 도착하자마자 상운의 연락이 왔다.

-쌤. 구로역에서 황모 군이 떨어졌대요.

내 심장이 떨어지는 기분이었다. 구로역은 재영이네 집 근처다. 재영이는 매일 자살을 꿈꿨던 녀석이다. 한강에 가서 마지막 인사와 함께 자신의 발을 찍은 사진을 보내기도 하고, 마포대교에서 투신을 시도하기도 했다. 재영이는 매일 죽고 싶다고 했고, 나는 재영이의 죽음이 매일 두려웠다.

그런데 구로역에서 재영이와 성씨와 나이가 같은 사람이 선로에 뛰어들었다는 뉴스가 나왔다. 상운이가 뉴스 기사를 링크해 보냈다.

-오늘 오전 6시 8분쯤 서울 지하철 1호선 구로역 인천행 급행열차 선로에 황모 군(18)이 투신해 숨졌다.

눈앞이 캄캄해졌다.

'제발요. 재영이 아니게 해주세요. 재영이 살려주세요.'

나는 기도를 하고 심호흡을 하고 또 기도하며 서울행 열차에 올라탔다. 열차 안에서도 재영이에게 계속 전화했다. 상운이는 재영이 집에 가보겠다고 했다.

-그래, 잘 생각했다. 재영이, 집에 있을 거야. 꼭 그럴 거야.

왜 하필 구로역일까. 왜 하필 황모 군일까. 왜 열여덟 살일까. 아니, 열여덟의 황모 군이 구로역 근처에 설마 한 명이겠어? 사실 구로역 근처에 사는 사람이란 말은 없잖아. 멀리서 온 사람일 수도 있잖아. 아닐 거야. 절대 아닐 거야.

내 마음은 황모 군이 재영이가 아닐 거라고 우기고 있었다. 그러나 재영이일지도 모른다는 생각도 떠나지 않았다. 계속 외면할 뿐 그 생각은 점점 부풀었다. 내 머리는 재영이와 즐거웠던 추억을 상영하고 있었다. 설마 며칠 전에 만났던 재영이가 마지막이라고? 아니야. 말도 안 돼.

나는 계속 재영이에게 전화를 걸었다. 하지만 재영이는 내가 서울역에 도착할 때까지 전화를 받지 않았다. 급기야 재영이의 전화가 꺼져버렸다. 상운이가 재영이 집에 도착하기를 기다리는 수밖에 없었다.

-상운아, 아직 가는 중이야?

-네, 거의 다 왔어요. 바로 연락드릴게요.

나는 황급히 지하철역으로 갔다. 우선 나도 재영이 집으로 가는 수밖에 없었다. 지하철을 기다리는데 문득 재영이 아버지 생각이 났다.

'아, 재영이 아버지에게 전화를 해봐야겠다!'

그 생각이 그제야 난 것이다. 전화를 걸었다. 받지 않았다. 정말 황모 군이 재영이일까. 그래서 아버지도 전화를 안 받으시는 걸까. 다리에 힘이 풀리려고 했다. 나는 다리에 힘을 주었다. 손을 비비고 주먹을 쥐었다 폈다 했다. 심호흡을 하고 눈에 힘을 주었다.

나는 다시 한번 재영이 아버지에게 전화하려고 했다. 진동이 울렸다. 재영이 아버지에게서 전화가 온 것이다.

"여보세요. 선생님, 전화하셨어요?"

"네네. 아버님. 재영이가 연락이 안 되는데요. 걱정이 돼서요.

혹시 어디 있는지…"

"아, 그 자식 퍼 잡니다."

"네?"

"아주 밤새 술을 퍼마셨는지 게임을 했는지 자기 방에서 지금 아주 시체처럼 자요."

"잠을 잔다고요?"

"네네."

마음에는 힘이 났는데 다리에는 힘이 풀렸다. 긴장이 풀린 건지 지하철역 안 벤치에 주저앉아버렸다.

"감사합니다. 아버님. 감사해요."

"감사하긴요. 내가 항상 감사하죠."

"아니에요. 안녕히 계세요. 건강하시고 다음에 봬요."

전화를 끊는데, 상운에게 카톡이 왔다.

-쌤! 이 자식, 자고 있었어요.

벨이 울렸다. 재영이었다. 나는 전화를 받자마자 퍼부었다.

"이 자식아. 왜 잠을 자! 왜 잠을 그렇게 자! 너 죽은 줄 알고 쌤이 얼마나 놀랐는지 알아? 얼마나 무서웠는지 아냐고!"

지랄총량의 법칙이 있다는데, 나는 그 총량을 이미 넘은 것 같다. 그날 전화로 퍼부은 것만 해도 다른 사람들 10년 치 지랄은 다 했을 거라고, 나중에 재영이랑 얘기하며 웃었다.

하지만 그날은 울었다. 얼마나 놀라고 암담했는지, 얼마나 가슴이 철렁하고 무서웠는지… 자고 있던 녀석이 무슨 잘못이 있다고 마구 퍼부어댔다.

"아, 약속했잖아요. 쌤하고… 안 죽어요."

재영이의 말을 듣고 보니 그랬다. 며칠 전 이제 죽지는 않겠다고 나와 약속을 했었다. 무슨 일이 있어도 믿어줘야 했는데, '황모 군'이라는 글자를 보자마자 잊었다. 머릿속이 하얘져서 아무것도 생각하지 못했다.

"쌤이 널 못 믿은 게 아니라 약속했단 사실을 기억 못했어. 황모 군이라니까 너일까 봐 두려워서 아무 생각이 안 나더라고."

"근데 그 황모 군은 누구래요? 우리 동네에 나랑 나이 같은 황씨는 없는데? 죽었대요?"

그제야 황모 군이 떠올랐다. 재영이 말고, 그 황모 군. 나중에 알아보니 그는 죽었다고 했다. 재영이가 아니게 해달라고 기도했는데, 재영이는 아니었는데, 그도 누군가의 가족이고 소중한 생명인데, 그 생각을 하지 못했다. 자기 자식만 소중한 것처럼 행동하고 말하는 사람들을 미워했는데, 내가 그 사람들과 똑같은 행동을 했다. 너무 미안했다. 내가 재영이를 걱정하는 사이 영원히 눈을 감은 황모 군과 그의 가족에게.

그 아이 이름은 뭘까. 어떤 어려움이 그의 삶에 있었던 걸까. 한참 동안 그 물음이 내 머릿속을 돌아다녔다. 재영이와 상운이를 만나 치킨을 먹으면서도 그랬다. 그런데 재영이와 상운이도 그런 모양이었다. 닭다리를 집어 들며 상운이가 말을 꺼냈다.

"황모 군도 우리랑 치킨 먹으면 좋을 텐데…."

"걔도 나처럼 힘들었을까요? 쌤?"

재영이가 물었다.

재영이의 부모는 거의 매일 싸웠다. 싸움이 커지면 경찰이 출동할 정도였다. 싸우면서 서로 큰소리를 내서 시끄럽다고 집주인에게 쫓겨난 적도 여러 번이었다. 재영이가 살던 동네에서 그런 사실을 모르는 사람을 찾는 게 어려울 정도였다.

청소년이 된 재영이는 방황하기 시작했다. 그리고 그 방황을 죽음으로 끝내고 싶어했다. '배고파요'라는 말보다 '죽고 싶어요'라는 말을 훨씬 더 많이 했다. 삶의 벼랑 끝에 선 사람들은 식욕이 앞서지 않는다. 식욕마저 끝내고 싶은 욕구가 더 크다. 그걸 재영이를 통해서 배웠다.

“그랬겠지. 많이 힘들었겠지.”

“일찍 우리를 만났으면 안 힘들지는 않아도 덜 힘들기는 했을 텐데….”

“그러게. 너무 미안하고 아쉽고 아프네.”

“나는 이제 진짜 약속 지켜볼게요, 쌤. 쌤이 나 죽은 줄 알고 우는데, 너무 미안해졌어요.”

“그래, 꼭 살아줘. 네가 죽었을까 봐 내가 죽을 뻔했어.”

“그래, 이거 너 줄게. 먹고 살아. 쌤만큼은 아니어도 나도 엄청 놀랐어.”

상운이는 하나 남은 닭다리를 재영이에게 건네며 부탁했다. 재영이는 고개를 끄덕였다. 그리고 눈물겹게 노력했다.

그렇다고 재영이가 처한 현실이 바뀌진 않았다. 그래서 재영이는 현실 말고 자신을 바꾸려고 했다. ‘그래서 죽고 싶어’ 하던 자신을 ‘그래도 살고 싶어’ 하는 사람으로 바꾸려고, 긍정적인 마음을 가지려고 무던히 노력했다. 열심히 아르바이트를 하기도 하고, 한동안 안 만났던 친구들을 만나 즐겁게 놀기도 했다. 꽤 살 만하다고 했다가 다시 힘들어지면 울었다. 진짜 못 살겠다고 소리도 질렀다. 그러다가 조금 힘이 나면 또 버티며 살아냈다. 정말 찬란한 '존버'였다.

6년이란 시간이 흘렀다. 재영이는 성인이 되었고, 일을 시작했다. 자신의 적성을 찾아서 이것저것 해보다가 이제 정말 제대로 찾았구나 싶은 일을 하며 지금 아주 잘 지내고 있다.

-쌤, 아직도 그렇게 죽고 싶어 하는 애들이 많은가 봐요. 쌤 인스타 볼 때마다 저를 보고 있는 것 같아요.
-ㅎㅎ 지금도 그때의 네가 너무 많다. 내가 이렇게 살 수 있는 게 행복하지만 힘들어.
-바보들, 사는 게 얼마나 재미있는데!

나는 재영이가 보낸 문장을 한참 바라보았다.

바보들, 사는 게 얼마나 재미있는데!

이 문장을 뚫어져라 보고 또 보았다. 그리고 마음에 고스란히 담았다. 캡처도 했다. 지금 죽고 싶다고 말하는 아이들에게

보여주려고.

재영이처럼 죽고 싶었지만 살아 있는 아이들은 나에게 큰 희망이다. 죽음을 생각하는 아이들이 결국 살아줄 거라 믿고 말하는 건 결코 형체 없는 믿음이 아니다. 정말 살아주지 않을 것 같았던 아이들이 지금의 삶을 살아가주는 것, 그리고 그런 녀석이 한 명이 아니라 여러 명인 것. 이 데이터들이 정확하게 가르쳐준 확실한 확률이다. 형체가 또렷한 믿음이고, 이성이다. 그리고 그것은 지금 죽고 싶은 아이들에게 꺼내줄 수 있는 명확한 증거가 된다.

나는 오늘도 죽고 싶은 아이를 만나러 간다. 재영이가 건네준 희망을 들고.

내 마음에 사랑의 부메랑이 차곡차곡

청소년을 주제로 한 토크 콘서트에서 한 분이 물었다. 어떻게 계속 청소년을 사랑하는 일을 할 수 있냐고. 너무 힘들 것 같다고. 나는 웃으며 대답했다.

"계속하겠다고 생각한 적이 없어서 계속하고 있는 것 같아요."

사람들의 웃음소리가 들렸다. 그런데 정말 나는 그렇게 생각했다. 언제까지 하겠다고 생각했다면 예상한 날짜보다 분명 더 일찍 그만두었을 것이다. '그저 오늘만 하자'였기에 '오늘'이 이

만큼 쌓인 걸 몰랐을 뿐이다. 그런데 아이러니하게도 쌓인 걸 알게 된 지금은 계속하고 싶은 마음이 생긴다.

가끔 멀리 떠났다가 다시 걸어오는 발걸음을 듣는다. 그 발걸음은 내 앞에 멈춰 서서 그때 정말 고마웠다고 인사를 건넨다. 지금은 잘 지내고 있다고 안부를 전해주기도 하고, 내 안부를 묻기도 한다. 정말 아팠지만 지금은 많이 나았다며 함박웃음을 건네주기도 한다. 소복이 쌓인 눈 위를 걸으면 사각사각 소리가 들리는 것처럼 기분 좋은 소리가 난다. 그 소리가 좋다. 그 소리 덕분에 더 걷고 싶고, 지금의 걸음이 좋아지기도 한다. 그것이 이 사랑을 계속할 수 있는 이유가 된다.

코로나19 팬데믹을 거치면서 청소년을 만나는 방식이 자연스럽게 바뀌었다. 처음에는 내가 사는 동네에 있는 아이들을 만났다. 점점 반경이 넓어지다가 강의와 책을 통해 만나는 아이들이 생겼다. 사람에게 상처받은 아이들은 익명을 원했다.

인스타그램은 그 아이들에게 좋은 도구가 되었다. 계정을 여섯 개나 만들 수 있다. 아무도 모르는 부계정을 만들어서 디엠을 보내면 이름을 밝히지 않고 상담할 수 있다. 예전에는 직접 만나서 친해지면 카톡으로 대화를 나누었는데, 요즘은 디엠으로 상담하고 대화를 나누다가 마음이 열리면 직접 만나준다.

"저, 이제 쌤 보고 싶어요."

"작가님, 저도 만나주세요."

아이들 입에서 이런 말이 나오면 크리스마스에 기대하던 선물을 받은 아이처럼 신이 난다. 드디어 마음에 조그만 창문을 내주었구나 싶어서. 설령 앞으로 보여줄 것이 눈물뿐이라고 해도 안에만 쌓였던 눈물을 드디어 꺼내놓을 수 있게 된 것이니 기쁨의 징조로 여겨진다.

지방 강의 요청을 수락하게 된 것도 이 이유가 크다. 지역과 상관없이 채팅으로 상담하다 보니 지방마다 만날 아이가 생겼다. 강의 일정이 확정되면 그 지역의 아이와 만날 약속을 잡는다. 강의가 없으면 일부러 가기도 하지만 차비도 시간도 여의치 않다. 그래서 강의 요청을 하는 사람들이 참 고맙다. 차비도 확보되고 일정도 빼놓을 수 있으니 아이들을 더욱 편하게 만날 수 있다.

며칠 전 익산에서 강의가 있었다. 청소년 때부터 소통하며 내 부족한 글과 말에서 힘을 얻어준 녀석이 사는 곳이다. 나는 너무 신이 났다. ‘태연이를 만날 수 있겠구나’ 하고.

태연이에게 바로 소식을 전했다.

“태연아, 쌤, 익산 가. 드디어!”

“진짜요? 언제요? 진짜 오세요?”

우리의 목소리는 한껏 들떴다. 하지만 잠시 후 같이 가라앉았다. 하필 그날 태연이는 가족 행사가 있어서 다른 지방에 가 있는 날이었다.

“그래도 익산 오실 일 생겨서 얘기도 더 많이 하게 되고, 좋아요.”

녀석의 말에 나도 동의했다. 그리고 다음을 기약했다.

익산에 가기 전날, 태연에게 연락이 왔다.

-쌤, 내일 뭐 타고 오세요? 오가는 길 안전하게 해달라고 기도하려고요.

-고마워. 케이티엑스 타고 갈 거야.

녀석의 마음이 너무 예쁘고 고마워서 하트가 가득한 이모티콘을 보냈다. 그리고 밤이 되어 디엠 상담을 마치고 잠자리에 드는데 또 태연이에게 메시지가 왔다.

-혹시 몰라서 익산역에 제 마음을 내려두고 왔는데 같이 데려가 주시면 감사하겠어요. 비밀번호는 ‘231015’입니다.

메시지와 함께 익산역 물품 보관함 127번이 찍힌 사진이 보였다.

이 녀석, 기도해준다고 하면서 역을 알아낸 것이다. 선물을 두고 가려고.

이 예쁜 마음을 어떻게 하나. 감격스러웠다. 그리고 다음 날 아침, 익산역에 내려 물품 보관함으로 달려갔다. 편지와 함께 신발이 들어 있었다. 신발을 보자마자 떠올랐다. 언젠가 태연이가 나에게 궁금한 걸 다 질문해도 되냐면서 이것저것 물었는데, 그 중에 신발 사이즈를 묻는 질문이 있었다는 것. 한참 지난 일이다. 녀석은 치밀하게 오래 계획했던 마음이었던 거다.

나는 누군가에게 기쁨을 주기 위해 이렇게 오랫동안 생각하고 선물을 준비한 적이 있었나? 내 기억에는 없다. 나에게 이런 귀한 선물을 받을 자격이 있나 싶었다. 태연에게 물으면 "당연하죠!"라고 대답해주겠지 생각하면서 포장을 뜯었다. 하얀 운동화였다. 함께 들어 있는 편지에는 녀석의 마음이 담겨 있었다.

> 이 운동화는 제가 깊은 터널에 있을 때 사서는 몇 번 신지 못한 운동화랑 비슷한 디자인이에요. 같은 걸 사려고 했는데 없어서 비슷한 걸 샀어요. 청소년 만나러 갈 때,

한 영혼 살리러 갈 때, 강의하러 갈 때, 문득 제가 생각날 때 신어주세요. 저도 그때 그 운동화 다시 꺼내 신고 더 살아낼게요. 혹여 살아내길 포기하고 싶은 날에도, 한 영혼 살리겠다고 살아가는 쌤의 걸음을 기억하고 저도 걸어볼게요. 그 무엇도 한 생명보다 중요할 수는 없다는 걸 삶으로 살아내고 보여주시는 어른이 되어주셔서 정말 감사합니다.

토크 콘서트에서 나에게 너무 힘들 것 같다고 한 말에 대답하지 않았더니 다른 분이 다시 물었다.

"너무 힘들지 않으세요?"

"힘은 들죠. 하지만 기쁨이 훨씬 더 커요."

진짜다. 너석들에게 받는 기쁨이 더 크다. 청소년을 처음 만나기 시작했을 시절 나는 어쩌면 좋은 사람을 자처하고, 착한 일을 하고 싶어 애쓰는 사람이었을지도 모른다.

하지만 지금은 아니다. 지금 내가 청소년을 사랑하는 건 당연한 일이 되어버렸으니까. 게다가 언젠가부터 내가 준 사랑이 부메랑처럼 돌아오기 시작했다. 그리고 이제는 부메랑이 돌아오고 난 후에 내가 사랑을 주는 게 아닌가 싶다. 부메랑이 먼저

인 것 같다. 찬란한 부메랑을 먼저 받고 나서, 그 힘으로 나는 다시 청소년을 만나고 있다.

아이들에게 받은 사랑을 아이들을 위해 쓰는 건 당연한 일 아닐까. 나는 그 당연한 사랑이 너무 좋아서 오늘도 길을 나선다.

사람의 일이란 장담할 수 있는 것이 별로 없기에 계속하겠다는 약속도 다짐도 할 수 없다. 하지만 계속하고 싶게 만드는 부메랑이 차곡차곡 쌓여간다. 내 마음에 하얀 눈처럼 소복이 쌓여 사각사각, 예고도 없는 선물을 자꾸 안겨준다.

시작을 확인하는 것의 의미

시작은 우리에게 어떤 의미일까? 모든 처음이 특별한 것과 비슷한 이유일까? '이 물음의 답을 찾으면 이 글을 시작해야지' 했는데 결국은 찾지 못하고 시작한다. 어쩌면 이 답은 모두에게 다를지도 모르겠다는 생각이 들어 각자의 답란을 비워두고 싶어졌다.

내가 사랑하는 아이들의 집에 가서 아이들을 만난 후 원장실로 갔다. 그곳 원장님은 아이들의 이모로 시작해 지금은 할머니로 사시는 분이다. 얼마 전 퇴임하셨는데, 퇴임이 아니라 퇴소라고 하시며 웃던 모습이 눈에 선하다.

지금도 '우리집'이라는 이름으로 작은 집을 짓고 아이들을 맞이한다. 친정이나 본가가 없는 아이들이 휴일이나 명절에 "우리집 갈 거야"라고 말할 수 있는 곳을 만든 것이다.

원장실에서 대화를 나누고 있는데 두 녀석이 들어왔다. 나와 이미 친해진 녀석들도 아니고, 친근하게 먼저 와서 인사해주던 녀석들도 아니기에 조금 놀랐다.

"왜? 할 말 있어?"

"작가님, 부산 가신다면서요?"

아이들과 이야기를 나눌 때 다음 달에 부산 강의가 있다는 말을 했었다. 그 말을 듣고 하는 질문이었다. 강의할 때 청소년들이 잘 듣냐는 질문을 받을 때가 있다. 그럼 나는 웃으며 대답한다.

"어른들은 듣지만 안 듣고, 청소년들은 안 듣지만 들어요."

두 녀석이 그 말을 증명해주었다. 딴생각을 하고 있는 줄 알았는데 그냥 지나가듯 한 얘기를 지나치지 않았던 것이다.

"오~ 맞아, 부산 가. 근데 그건 왜?"

"저희도 데리고 가시면 안 돼요?"

앞서 쓴 것처럼 이 녀석들은 나와 친하거나 친근하게 먼저 다가오는 녀석들이 아니다. 그런데 부산에 같이 가자니. 예상치 못한 말이었다.

"진짜?"

"네!"

"알겠어. 할머니가 허락하시면 같이 가자."

두 녀석이 함박웃음을 지었고, 원장님도 미소로 허락했다.

청소년들과 스스럼없이 지내다 보면 잊고 있다가 가끔 확인되는 일이 있다. 나의 MBTI가 INFP라는 것. 어색했던 두 녀석과 여행을 가려니 나의 I가 확인됐다.

가서 뭘 하지? 무슨 얘길 하지? 재미있어 하긴 할까? 정말 가고 싶은 걸까? 걱정이 밀려왔지만 두 녀석이 먼저 말을 걸어준 것이 처음이기에 관계의 발전이라고 생각하기로 했다.

아이들에게 먼저 뭘 하고 싶은지 묻고, 최대한 두 녀석을 배려해 일정을 짰다. 대략 일정을 짠 후에 물었다.

"부산 가서 젤 먼저 하고 싶은 건 뭐야? 있으면 말해줘."

한 녀석이 조금 뜸을 들이다가 말했다.

"사실은 저희, 거기가 시작이에요."

"시작?"

"거기 000이라는 곳에 아기 때 맡겨졌대요. 그 이전은 모르니까 거기가 시작이고, 고향이에요. 가끔 생각이 나요. 그래서 그곳을 확인하고 싶어요."

"둘이 같이?"

두 녀석이 고개를 끄덕였다. 가슴이 저려왔다. 얼마나 확인하고 싶었으면 나를 찾아와 부탁했을까?

"알겠어. 거기 먼저 가자!"

두 녀석이 환하게 웃었다. 이상하게도 그 웃음은 '기쁨'이 아니라 '안심' 같았다.

부산에 도착하자마자 우리는 먼저 두 녀석이 시작된 곳을 찾아갔다. 규모가 꽤 있는 보육원이었다. 한 녀석은 입구에 도착하자마자 좋아서 놀이동산에 처음 간 녀석처럼 뛰어들어갔다.

"그때 선생님이 아직도 계시대요! 들어가서 인사하고 제가 있던 곳도 확인하고 올게요!"

"그래, 천천히 다녀와. 맘껏 보고 와."

껑충거리는 녀석의 뒷모습이 귀여워서 웃음이 났다. 그런데 한 녀석은 오히려 뒷걸음질을 쳤다. 내 뒤로 가서 가만히 서 있었다. 나는 입구로 뛰어간 녀석이 건물로 들어가는 걸 확인하고 나서 뒤의 녀석에게 물었다.

"왜 안 들어가?"

"안 들어갈래요."

"어? 진짜?"

"네."

"알겠어. 그럼 우리 근처 카페에 가서 기다리자. 언제든 다시 가고 싶어지면 말해줘."

녀석은 고개를 끄덕였다. 부산역에 내릴 때까지도 환했던 녀석 얼굴에 먹구름이 드리웠다. 그 마음을 알 것도 같았지만 잘 몰랐다. 함부로 상상할 수 없는, 상상하는 것조차 미안한 마음이었다.

결국 한 녀석은 들어가지 않았다. 들어갔다 나온 녀석이 예전과 어떤 것은 같고 어떤 것은 달라졌다며 실컷 얘기하고 있을 때도 그 녀석은 여전히 먹구름을 걷어내지 않았다. 들어갔다 나온 녀석이 물었다.

"근데 넌 여기까지 와서 왜 안 들어갔냐?"

"…막상 오니까 보고 싶지 않아졌어."

"어우, 변덕쟁이."

나는 그제야 부산으로 오기 전에 들었던 그 녀석의 대답이 떠올랐다.

"거기가 저희, 시작이에요."

시작이라고 말했다. 시작. 그러고 보니 나도 시작이 궁금했던 적이 있다. 엄마에게 꼬치꼬치 물어가며 날 낳을 때 생긴 엄마의 기억을 훔쳤다. 내가 태어난 병원도 직접 가서 확인했다. 그런데 엄마가 없었다면? 나도 어떻게든 추적해서 찾아보고 싶었겠지. 혹시 이 글을 읽는 그대도 그렇다면? 이것이 보편적 사고라면? 우리에게 시작은 어떤 의미일까?

나는 그랬다. 시작을 확인하고 나서 나는, 내가 소중하지 않은 존재라고 느낄 때 이상한 힘을 얻었다. 내가 소중한 생명이었고, 소중히 다뤄졌을 것이며, 태어남이 기쁜 존재였다는 건 분명 살아갈 힘을 주었다.

부모님이 격한 싸움을 할 때도 그랬다. 내가 태어날 때 사이좋고 다정했던 부모님을 상상했다. 좋지 않은 지금 이전에 좋았던 시작이 있다는 건 지금을 견딜 힘을 주었다.

막상 오니까 보고 싶지 않아진 녀석의 마음을 다 알 수는 없지만 자신의 시작이 혹시 지금을 견딜 힘을 주지 못할까 두려웠던 것은 아닐까. 출발할 때와 달리 기운을 잃은 녀석의 눈빛은 지금도 선명하게 기억이 난다.

얼마 전 한 녀석이 엄마를 찾았다. 위의 두 녀석과 다른 녀석의 이야기다. 스무 살이 되어 주민센터에 가서 스스로 서류를 처음 떼었는데, 그 서류에 엄마의 이름과 주소가 있었다. 존재하는지 몰라서 보고 싶지도 않았던 엄마가 갑자기 너무 보고 싶어졌단다.

무작정 고속버스를 타고 그 주소를 찾아갔다. 벨을 누르는데 얼마나 큰 용기가 필요한지, 손이 그렇게 무거울 수 있는지 처음 알았다고 했다. 그 무거운 손을 들어 올려 간신히 벨을 눌렀는데, 아무도 없었다. 한참을 계단에서 기다리다가 막차가 끊길 것 같아 일어나면서 현관에 포스트잇을 붙였다.

'저 진경이에요. 혹시 기억나시면 연락주세요.'

이렇게 적고 휴대전화 번호를 남겼다. 집으로 돌아오는 버스 안, 메시지가 왔다.

-멀 텐데, 어떻게 여기까지 왔어?

-저를 기억하세요?

-응, 혹시 지금 모습이 담긴 사진 한 장 보내줄 수 있니?

녀석은 고민하다가 가장 예쁘게 나온 사진 말고 정말 자신처럼 나온 사진을 보냈다고 했다. 사진을 보내고 한참 동안 말이 없어서 녀석이 먼저 말을 걸었다.

-저도 사진 보내주실 수 있어요?

잠시 후 사진 한 장이 도착했다. 녀석은 마음이 좋아졌다고 했다. 내가 왜냐고 물으니 한마디로 답했다. “저랑 닮아서요.”

신기하게도 이 대답은 처음 듣는 게 아니었다. 부모를 찾은 녀석들은 하나같이 말했다. 자기랑 닮았다고. 닮아서 좋았다고. 친구들을 보면 집에 닮은 사람이 한 명은 있길래 자신도 누군가를 닮았는지 그게 궁금했다고.

그 녀석은 다시 엄마를 만나러 가지 않았다. 엄마도 원하지 않았지만 녀석도 다시 원하지 않았다.

‘저랑 닮아서요.’ 이 말이 나에게는 ‘이제 내 시작을 알았으니 됐어요’라고 들렸다.

나중에 처음으로 아버지를 만난 다른 녀석에게 물었다.

“닮은 게 왜 좋아? 너희들 다 닮은 걸 확인하고 좋아하는데, 넌 그게 왜 좋은 거 같아?”

한참을 고민하던 녀석이 말했다.

“뭐라고 해야 하지? 시작을 알았잖아요. 뿌리가 있는 식물 같

잖아요."

"뿌리? 하긴 뿌리가 있는지 없는지 모르던 식물이 자신의 뿌리가 있단 걸 알면 든든한 기분이 들 것 같긴 하네."

"아, 쌤. 작가였지? 꽤 작가 같네요."

녀석의 너스레에 웃었지만 나는 더 궁금해졌다. 시작을 확인한다는 건 우리에게 어떤 의미일까? 정답은 없어도 각자의 해답은 있을 거라 생각한다. 그리고 답이 어떻든 녀석들에겐 든든하고 큰 힘이 된다면 좋겠다. 그리고 언제든 시작을 확인하고 싶다면 확인할 수 있었으면 좋겠다. 그래서 확인한 것만으로도 지금을 견딜 힘이 된다면 참 좋겠다.

나는 그만두지 않을 것이다

"애들이 뒤통수를 치는 일도 많죠?"

"잘해줘도 배신하는 애들도 있죠?"

간혹 이런 질문을 받는다. 나는 물음표가 찍히기도 전에 부정적인 감정이 올라오는 것을 느낀다.

그런 단어가 있다. 발음을 듣기만 해도 그동안 가졌던 억울함이나 속상함 등이 올라와서 상대방의 의중을 제대로 살펴볼 겨를도 없이 우울해지는 단어. 그런 단어는 나 자신도 모르게 마음 어딘가에 굳건히 놓여 있는, 입김만 후 불어도 형체를 알아볼 수 있는 오래된 가구 같다. '뒤통수'와 '배신'이 나에게 그런 흉물스러운 가구라는 걸 그런 질문을 들을 때마다 확인한다.

나는 그 가구의 존재를 들키지 않으려고 숨 한 번 크게 쉬고 대답한다.

"뒤통수라고 생각해본 적 없어요."

"사정이 있었을 거라고 생각해요."

정말 그렇다. 뒤통수라거나 배신이라거나 그런 생각을 해본 적이 없다. 내가 아이들에게 주는 사랑이 있지만 아이들이 내게 주는 사랑도 있다. 그건 빚을 갚는 행위가 아니다. 나는 그저 내 것을 내가 주고 싶어서 준 것이고, 아이들은 자신의 마음을 스스로 내어준 것이다. 대가를 바라는 사랑만큼 어리석은 것이 없는 것처럼 다시 돌아온 사랑을 대가라고 생각하지 않는다.

그 마음은 반대의 경우에도 적용된다. 내 곁을 떠나거나 연락이 없어도 그저 자신의 사랑을 보여주지 않은 것이라고 생각한다. 그건 그 사랑을 가진 사람의 자유다. 내가 사랑을 준 사람이라고 해서 그걸 돌려받을 권리가 내게 있는 건 아니다. 그래서 나는 뒤통수나 배신이 어떤 류의 행동을 말하는지 모르는 바 아니지만 그렇게 규정짓지 않는다. 어차피 그 어떤 조건도 없이 내어준 것이니 그걸 고마워하지 않는다고 부정적인 표현을 할 필요는 없다. 게다가 때론 그것이 다행이라고 생각한다. 아팠을 때 찾았던 병원을 다시 안 찾는다는 건 회복했다는 증거이기도 하니까.

무소식이 희소식이라 믿는 건 유(有)소식이 비(悲)소식이라는 게 아니라 적어도 슬픈 소식은 없으니 다행이라는 말이다. 슬픈 소식이 있다면 연락이 왔을 테니 기쁜 소식이 안 왔더라도 무탈하리라 믿는 마음, 그 마음이 떠오르면 외려 고마울 때도 있다. 그리고 조금 더 내 마음을 들여다보면, 그렇게 생각할 수 있는 건 내 사랑의 숭고함을 믿기 때문이다.

내가 줄 수 있는 사랑을 다 주었으니, 나는 언제나 최선을 다해 사랑했으니 후회가 없다는 마음 같은 것. 그런 마음이 있다. 그런데 요즘은 그 마음을 내가 의심하고 있다. 아이들의 뒤통수나 배신에 관한 질문을 들을 때 내 대답이 바뀌었다.

"오히려 제 마음이 돌아설 때가 있는 것 같아요."

내가 등을 돌린다는 것. 한 번도 생각해본 적 없었다. 하지만 요즘 그것에 대해 아주 많이 생각한다. 나는 요즘 사랑에도 총량이 있다는 생각을 자주 하게 된다. 한 사람에게 한 사람이 줄 수 있는 사랑의 총량이 있는 것만 같다. 아니, 있다.

15년 동안 청소년들과 밥 먹는 사람으로 살면서 몇 명, 내가 먼저 연락을 줄여달라고 부탁한 적이 있다. 당분간 연락하지 말자고 말한 적도 있다. 연락이 올 때마다 심장이 쿵 내려앉는 느낌이 들어서, 내가 살아야 누굴 살리지 싶어서 한 부탁이었다.

세상에 자신의 이야기를 들어줄 사람이 나 한 사람이어서 시도 때도 없이 연락을 해오고, 그래서 내 생활이 마비되었다. 게다가 그 연락이 대부분 놀라지 않을 수 없는 것들일 때 너무 힘들었다. 왜 위기상황은 그렇게 많이 보았어도 적응이 되지 않는지, 왜 매번 그렇게 놀라고 눈물이 나는지, 나를 자책하기에 이르렀다. 아니, 이러다 내가 죽겠다 싶을 만큼 버거웠다.

그래도 그럴 때마다 죽으라는 법은 없는지 한 사람이 나타났다. 아이의 가족이든, 복지사든, 활동가든… 또 한 사람에게 인계할 수 있는 상황이 절벽 끝마다 찾아왔다. 그리고 간신히 쉼을 찾으며 느꼈다. '아, 녀석이 아니라 내 마음이 돌아섰구나.'

마음이 무감정으로 뚜벅뚜벅 걸어가는 걸 목격한다. 울지 않는다. 심장이 뛰지도 않는다. 슬프게 반응하면 괜히 동정하는 것 같아서 그냥 본다. 내가 보지 않으면 내가 이해하지 않으면 내 마음이 너무 외롭겠다 싶어서 어떤 개입도 하지 않고 그저 본다. 처음부터 이렇게 의연할 수 있었던 것은 아니다. 처음에는 그만두겠다는 마음으로 직행했다. 내가 줄 수 있는 사랑과 그 사랑의 힘으로 모든 힘을 끌어와 돕다가 나도 모르게 사랑이 바닥나서 주저앉았을 때 도저히 못하겠다 싶었다. 힘들어서도 아니고 지쳐서도 아니다. 물론 힘들고 지치기도 했지만 나의 오만을 보았기 때문이다.

사랑의 총량을 다 쓰고 나면 '어떻게 나한테 이래?'라는 마음이 튀어나온다. 내가 믿었던 사랑의 숭고함을 반성한다. 그 진실했던 마음은 그때마다 오만이 된다. '어떻게 나한테 이래?'는 '내가 너에게 어떻게 했는데 나한테 이러냐'는 말이고, 대가를 바라지 않는다면서 '적어도 이러지는 말아야지'라는 대가를 바랐던 게 되어버리니까. 나에게 크게 실망한다.

하지만 더 큰 실망은 그다음이다. 미움과 분노가 뒤섞인 여러 감정을 거쳐서 찾아오는 무감정을 마주할 때. 사랑의 반대는 미움이 아니라 무감정인가 싶을 만큼 그 어떤 감정도 느끼지 못하는 상태에 도달한다. 어떻게든 이해하려고 버텼던 날들도 아깝지 않고, 어떻게든 도우려고 뛰어다녔던 노력은 한낱 꿈이었나 싶게 흐릿해진다.

살아주어 고맙다는 마음은 여전한데, 더 이상 내가 해줄 일이 없다. 멍하니 먼 산을 바라보다 깨닫는다. 사랑이 텅 비어버렸다는 걸. 최선을 다하고 최선의 한계마저 몇 차례 넘고 나니 더 이상 오를 산도 건너고 싶은 강도 없이 폐허다. 온 천지 사방에 아무것도 없다. 기도도 나오지 않고, 증오는 없지만 축복도 없다. 겨우 이 정도였다고 실망할까. 내가 준 사랑은 잊고 나를 원망할까. 이런 물음도 이미 넘어온 산에게 내주고 나면 아침 안개처럼 뿌예진다.

청소년을 만나는 삶을 산 지 7년째 되던 해 나의 무감정을 처음 마주했다. 나에게 사랑은 한 톨도 남아 있지 않은 것 같았다. 이 삶을 종료해야지 싶어 제주로 떠났다. 마음을 정리하고 올 요량이었다. 그곳에서 삶을 누리고 있는 선배를 만났다. 친한 선배의 소개로 만났을 뿐, 직접 만나는 건 처음이었다. 나는 그에게 마음을 털어놓았다. 정말 힘든 순간에는 왜 날 모르는 사람이 더 편할까? 그 이상한 물음표는 이내 느낌표로 바뀐다.

"왜 그만두고 싶어? 너무 힘들어서?"

선배의 물음에 나는 잠시 망설이다 대답했다.

"그것보다는 이제 사랑이 없는 것 같아요."

"있는 거 같은데."

"에이, 어떻게 아세요?"

다시걸어가기위해

"알지는 못하고, 느낌이지. 각자의 느낌을 존중하자고."

"네, 뭐, 그러죠."

"나에게 조언의 기회가 있다면 3년은 더 해보라고 말하고 싶네."

"왜요?"

"내가 가만히 보니까 뭐든 10년을 하면 전문가가 되더라. 3년만 채우면 청소년 전문가가 될 수 있는데 아깝잖아. 그 다음에 그만둬. 그래도 손해는 아니잖아."

이상했다. 전혀 신뢰가 되지 않던 그 말이 '그만둠'으로 정해졌던 마음을 '조금 더 해봄'으로 바꾸었다. 나에게 아직 남은 사랑이 있는지 확인해보는 것도 나쁘지 않다는 생각이 들었다.

그리고 8년을 더 왔다. 그 사이 나도 조금 자랐다. 내 무감정을 자책하거나 사랑이 하나도 남아 있지 않다고 떼를 쓰지는 않는 걸 보면.

그래, 나는 안다. 나는 그만두지 않을 것이다. 내가 필요하다고 말하는 청소년이 한 명이라도 있다면. 하지만 나를 정확히 인지하고 인정한다.

내 사랑은 그리 숭고하지도 완전하지도 않다. 내 사랑은 종량이 있고, 그 양은 내가 막연히 예상했던 것보다 훨씬 적다. 그러니 나도 모르게 감정이 사라질 때 내 마음을 꾸짖지 말자. 대신 이제는 무한히 사랑할 것처럼 굴지 않고, 사랑의 정해진 양을 지혜롭게 쓰자. 나는 아직도 많이 부족하지만 아직은 잘 사랑하고 싶은 한 사람일 뿐이니까. 하지만 아직도 청소년이라는 우주에 꽃 한 송이, 풀 한 포기 심고 싶은 마음은 진짜니까.

청소년은 예쁘다!

어떻게 많은 아이들을 동시에 돌보고 만나느냐고 묻는 사람들이 많은데, 동시가 아닐 때가 많으니 가능한 일이다. 밤이나 새벽에는 갑자기 마음이 힘들어져서 연락하는 거라 미리 약속을 하기 어려운데, 일주일 동안 마치 한 시간에 한 사람씩 약속을 한 것처럼 차례가 생기고 순서가 정해진다. 그래도 간혹 동시가 될 때가 있긴 하다. 대개 두세 명이 시간 차를 두고 연락을 해오긴 하지만 한 명이 다 마치기 전에 다른 아이에게 연락이 오면 동시가 된다.

최대 다섯 명과 동시에 연락한 적이 있다. 한 녀석은 통화로, 한 녀석은 카카오톡으로, 한 녀석은 디엠으로, 한 녀석은 텔레그

램으로, 한 녀석은 문자로. 노트북과 휴대전화를 이용하고, 혹시 이야기가 섞이거나 상황에 맞지 않는 공감과 답변이 들어갈까 봐 온 신경을 곤두세우고 눈에 힘을 주었다. 마치 애타게 기다리던 아이돌 공연을 보는 청소년처럼 집중했다.

어젯밤도 그랬다. 세 명이 동시였는데, 한 명은 통화로, 한 명은 디엠으로, 한 명은 카톡으로 얘기를 시작했다. 한 명에게 온전히 집중해주지 못해서 서운하지 않을까 마음 졸이며 최선을 다하고 있었다. 그런데 한 명이 마무리될 무렵 두 녀석이 거의 동시에 말했다.

-쌤, 더 급한 애 있는 거 아니에요? 이제 그 애한테 집중해주세요.
-작가님, 저보다 더 힘든 애 연락 왔어요? 그럼 그 애부터 상담해주세요.

내가 자신에게 집중하지 못하고 있는 걸 눈치채고 있었던 것이다. 그런데 어쩜 이렇게 예쁠까. 저한테만 집중해주세요, 해도 괜찮을 만큼 어린 아이들인데, 왜 집중 안 해줘요, 하고 투정을 부려도 되는데, 녀석들은 같은 아픔을 배려하고 있었다. 이 예쁜 마음들을 어쩌면 좋을까, 눈물겨웠다.

그런데 이상하게도 그 감동의 순간에 아이들을 오해하고 편견에 가두어 힘들게 했던 사람들이 떠올랐다. 그들에게 좀비처럼 다가가서 이 예쁨을 보여주며 말하고 싶었다. “봐요, 이렇게 예쁜 아이들이라고요!” 하고. “뭣도 모르면서 함부로 떠들면 입을 꿰매버릴 거예요!” 하고. 상상만으로도 속이 시원했다.

예쁜 두 녀석과 대화를 마무리하고 남은 한 녀석에게 이 이야기를 건넸다. 좀비 분장을 하고 그들에게 가서 마구 소리 지르는 상상을 했다고. 속이 시원하다고. 녀석은 웃었다. 울다가 웃었다.

아이들이 울면 ‘울고 싶은 만큼 울어도 된다’고, ‘눈물도 신이 준 선물’이라고 말하면서 왜 난 아이들을 웃기고 싶을까. 마음껏 표현하면 안 될 것 같은 세상에서 눈물이라도 마음껏 흘리라고 하고 싶은데, 너무 울면 지칠까봐, 울고 나도 나아지지 않는 마음이 있을까봐, 자꾸 웃기고 싶어진다.

그런데 나만 그런 건 아니다. 아이들도 그런 마음이 있다는 걸 느낄 때가 많다. 같이 울어주는 사람이 있다는 게 좋으면서도 같이 울게 만들어서 미안한 마음이 떠오르면 웃음을 주고 싶은 모양이다. 그 예쁜 마음이 날 놀리는 것으로 드러날 때가 있어서 문제지만.

얼마 전 한 녀석이 "쌤, 기침은 하셨습니까?"라고 물었다. "그게 무슨 말이야?" 물으니 "원래 할머니한테는 그렇게 인사하는 거래요" 했다.

한 녀석은 "쌤은 곧 환갑이죠?"라고 물었다. 내가 "너, 살래?"라고 물으니, "흥분하지 마세요. 나이 든다는 건 나쁜 일만은 아니라고 백 살 할머니가 그랬대요" 하며 웃었다. (아, 나는 '죽을래?'라거나 '죽겠다'라는 말을 사용하지 않는다. 죽는 아이들을 많이 봐서 그런지 그런 말을 농담으로라도 하지 않으려고 노력한다.)

아이들의 장난을 적다 보니 웃음이 난다. "다시 놀리면 널 살려두겠어!"라고 화난 척 말하지만 재미있다. 그 환경과 상황이 아니었다면 굳이 짊어지지 않아도 되는 짐을 지고 있는 녀석들이라 잠시라도 짐을 내려놓고 같이 웃을 수 있으니 그 순간만큼은 마음이 가벼워진다. 그리고 '어쩜 이렇게 예쁠까?' 하는 생각만 든다.

삶의 불안이 극으로 치달으면 통화를 해야 괜찮아지는 녀석이 있다. 병원에 다니긴 하지만 밤에 여는 병원은 없으니 내게 연락한다. 그런데 내내 전화번호를 가르쳐주지 않고 디엠으로

전화를 했다. 디엠 전화는 알림을 꺼놓을 때가 많고 못 받을 때도 많아서 전화번호를 가르쳐달라고 졸라도 가르쳐주지 않았다. 내 번호를 먼저 가르쳐준다고 했는데, 녀석은 싫다고 했다. 짐짓 서운해졌다.

"쌤한테 아직 번호 알려주기 싫은 거야?"

"아니, 번호 알면… 내가 더 자주 전화하고, 쌤을 더 힘들게 할까 봐 싫어요."

녀석의 답을 듣고 너무 부끄러워졌다. 어떻게 이런 생각을 할 수 있을까. 이 예쁜 녀석들을 어쩌면 좋을까.

내 부족한 글로 이 예쁨을 다 설명할 수는 없지만 청소년을 오해하고 있는 모든 사람에게 소리치고 싶다. 청소년은 예쁘다고. 오래 보지 않아도 예쁘고, 오래 보면 더 예쁘다고. 예쁘지 않은 모습을 들었다면 그건 그냥 겉에서 마음대로 판단하는 소리라고. 예쁘지 않은 모습을 보았다면 기대하시라고. 이제 정말 예쁜 모습을 보게 될 거라고.